AF392289

DIANA PALMER

Secretos y amenazas

Editado por Harlequin Ibérica.
Una división de HarperCollins Ibérica, S.A.
Núñez de Balboa, 56
28001 Madrid

© 2011 Diana Palmer. Todos los derechos reservados.
SECRETOS Y AMENAZAS, Nº 131 - 1.4.12
Título original: Merciless
Publicada originalmente por HQN™ Books
Traducido por Daniel García Rodríguez

I.S.B.N.: 978-84-9010-960-1
Depósito legal: B-5395-2012
Impresión: LIBERDÚPLEX

A Jon Blackhawk se le había acabado la paciencia y su humor empeoraba por momentos. La atractiva rubia sentada frente a su mesa en la oficina del FBI de San Antonio era tan irritante como cualquiera de las candidatas matrimoniales que su madre le enviaba con la mejor de las intenciones. Jon tenía que declarar en un juicio inminente y aquella mujer no paraba de hablarle de la última moda en peluquería.

—El mío es obra de Mr. Janes, en Sherigan's —la chica se señaló el peinado y Jon tuvo que morderse la lengua para no hacer ningún comentario. Era como si le hubiesen metido la cabeza en una licuadora—. Podría hacer maravillas contigo… ¡Ese pelo largo es tan retro!

En ese momento llamaron a la puerta y Joceline Perry, la ayudante de Jon, asomó la cabeza.

—Disculpe, señor Blackhawk, pero lo esperan en el juzgado dentro de diez minutos.

Él asintió y se contuvo para no dar un salto de alegría. No habría sido una reacción muy apropiada, pero la media hora que se había pasado escuchando las últimas tendencias estilísticas lo estaba volviendo loco. Jamás bebía, pero empezaba a considerar seriamente la posibilidad de un trago.

Se puso rápidamente en pie.

—Me ha encantado verte, Charlene. Por favor, dale recuerdos a mi madre cuando la veas.

—La veré esta noche para ir juntas al teatro. Vamos a ver una versión moderna de una comedia de Shakespeare. Tu madre tiene tres entradas… —añadió con una sonrisa esperanzada.

Jon carraspeó incómodamente y trató por todos los medios de encontrar una excusa.

—A las siete tiene una reunión con su informante —intervino Joceline con un brillo malicioso en sus ojos azules.

—Ah… Sí, es verdad, gracias —respondió él, intentando no mostrar el alivio que le producía la providencial mentira de Joceline—. En otra ocasión, quizá.

Charlene hizo un gesto de resignación con los hombros.

—Supongo que este trabajo tuyo te exige una dedicación total… Deberías pensar en otra profesión —sugirió con el ceño fruncido—. Cuando te cases, no tendrás tiempo para trabajar a todas horas.

—No tengo ninguna intención de casarme —declaró él.

—Tu madre me dijo que estabas dispuesto a formar una familia —dijo ella en tono suave.

Jon le clavó una intensa mirada con sus ojos negros.

—Mi madre tiene sus planes y yo tengo los míos.

Charlene le dedicó una sonrisa encantadora y le tocó la manga de la chaqueta gris con una mano esbelta y delicada.

—La mayoría de los hombres no quieren casarse y formar una familia hasta que descubren lo bonito que puede ser.

Jon no cedió ni un ápice.

—Roma no se construyó en un día —insistió Charlene.

—Pero sí bastó un día para que Carlos V la saqueara en uno de los ataques más despiadados de la historia —volvió a intervenir Joceline—. Hasta el Papa tuvo que huir para salvar la vida —sus ojos azules destellaron con regocijo, enmarcados por la corta y lisa melena de color negro que apenas le cubría sus pequeñas orejas—. Carlos V era el suegro de María Tudor, hermana de Isabel I. María y Felipe II se casaron siendo ella diez años mayor que él. Fue una unión bastante peculiar, pero así era la realeza del siglo XVI… ¿Has estudiado Historia? —le preguntó sonriente a Charlene.

—Puaj —Charlene se estremeció exageradamente—. No sé cómo a alguien le puede interesar una cosa tan fea e inútil.

Joceline arqueó las cejas.

—El pasado condiciona el futuro. Por ejemplo, ¿sabías que en la Norteamérica del siglo XVII a las mujeres se las acusaba de brujería y se las condenaba a morir en la horca sólo por una conducta sospechosa? —ladeó la cabeza—. Esa blusa que llevas habría bastado para que tu cuerpo se arrojara sin el menor miramiento a algún río de Massachusetts. Se creía que las brujas flotaban cuando se las arrojaba al agua —explicó con otra sonrisa.

—Esta blusa es la última moda —señaló Charlene, mirando despectivamente el atuendo de Joceline: blusa azul abotonada hasta el cuello, falda negra y recatada y zapatos negros de tacón bajo—. A ti sí que te habrían encerrado por llevar una ropa tan horrible.

—No, no metían a una mujer en la cárcel. En todo caso le ponían el cepo, pero no por ir decentemente vestida —replicó Joceline sin perder la compostura—. A las mujeres que engañaban a sus maridos, sin embargo, las marcaban con una gran letra A.

Charlene carraspeó y le lanzó una mirada de odio.

—Me estoy divorciando de mi marido.

—¿En serio? —preguntó Joceline con los ojos muy abiertos—. Vaya… es una suerte que vivamos en el siglo XXI, ¿verdad?

—¡Yo no lo he engañado! —exclamó Charlene.

Joceline la miró con sus ojos azules llenos de inocencia.

—¡No he insinuado tal cosa!

Charlene se puso colorada y apretó los puños contra sus esbeltas caderas.

—¡Sólo fue una cena después del teatro!

—Por supuesto —repuso Joceline con una amable sonrisa.

Jon estaba disfrutando mucho con aquella conversación, pero se obligó a intervenir.

—Señorita Perry, ¿no está trabajando en un caso?

Ella parpadeó con asombro.

—¿Un caso, señor?

—El juicio por secuestro.

—El juicio por secuestro… Sí, naturalmente —permaneció en su sitio sin moverse.

Charlene agarró su bolso sin disimular su irritación.

—Ya veo que no es el mejor momento para hablar —le dijo a Jon, y se acercó a él para envolverlo con una bocanada de su carísimo perfume—. Hablaremos en otro momento, en un ambiente más… íntimo, ¿de acuerdo?

Jon carraspeó y deseó que aquella mujer se marchara de una vez.

—KK —respondió él, usando la abreviatura para «okey» que usaban los aficionados a los videojuegos.

Charlene le lanzó una torva mirada.

—Esa forma de hablar es propia de un crío. A ti también te encantan esos ridículos videojuegos, igual que a tu hermano, ¿verdad? Pues tendrás que cambiar esos hábitos. ¡Ninguna mujer aceptará a un hombre que se pase el tiempo libre jugando al ordenador!

—A menos que sea una mujer a la que también le gusten los videojuegos —volvió a intervenir Joceline con una dulce sonrisa—. A muchas mujeres nos gusta jugar.

Jon la miró boquiabierto.

—Me lo imaginaba —masculló Charlene en tono cortante, pero Joceline siguió sonriendo y miró el peinado de la otra mujer.

—Por Dios… ¿qué has hecho con tu pelo? ¿Has metido la cabeza en una batidora?

Jon tosió exageradamente para intentar ocultar la risa.

—Para que lo sepas, ¡este corte me ha costado cien dólares! —gritó Charlene, fuera de sí.

Joceline levantó una mano.

—Por favor, baja la voz. Estamos en una oficina federal. Aquí no se permiten los gritos.

Charlene los miró a uno y a otro echando fuego por los ojos.

—¡No volveré aquí nunca más! Te veré en casa de Cammy cuando tengas tiempo para una conversación civilizada.

Jon no respondió, y Joceline sostuvo la puerta abierta con una sonrisa impersonal.

—Que tengas un buen día.

Charlene se marchó farfullando entre dientes, y sólo entonces Jon dejó escapar la risa contenida.

—Has sido muy dura con ella —le dijo a Joceline.

—¿De verdad? —miró hacia la puerta—. ¿Quiere que la llame y me disculpe? —sugirió inocentemente.

—Hazlo y estás despedida —le advirtió Jon.

Ella se encogió de hombros.

—A una mujer que sabe mecanografía y que le da a su jefe consejos gratuitos para los videojuegos no le sería difícil encontrar trabajo.

—Déjate de videojuegos y ponte con ese informe. ¿Y qué es esa reunión que tengo con el informante? —preguntó con el ceño fruncido.

—Puedo organizar una si quiere.

Jon volvió a reírse y rodeó la mesa para sentarse.

—Cammy me está volviendo loco con su empeño de buscarme novia. ¡No se le mete en la cabeza que no quiero casarme!

Joceline levantó las dos manos.

—A mí no me mire. Yo tampoco quiero casarme, por si está pensando en pedírmelo. Mi hijo se llevaría un gran disgusto si tuviéramos que incluir a un tercer jugador en nuestras partidas de Super Mario Bro.

—Tranquila, yo prefiero los juegos bélicos.

—Y ese MMORPG al que juega con su hermano —señaló ella.

—«Videojuego de rol multijugador masivo en línea» —tradujo él con una sonrisa—. Nunca hubiera imaginado que eras aficionada a los videojuegos.

—Yo tampoco —admitió ella con un suspiro—. Pero a Markie le encantan.

Markie era su hijo. Joceline nunca se había casado, pero había estado saliendo con un soldado que se marchó a Oriente Próximo y que nunca regresó. A Jon le había sorprendido en su momento que, siendo ella tan conservadora y religiosa, tuviera un hijo fuera del matrimonio. Joceline nunca hablaba del padre y muy rara vez de su hijo. Al igual que Jon, protegía celosamente su vida privada.

Joceline sabía la curiosidad que despertaba en su jefe. Era un hombre atractivo, con una larga melena negra recogida en una coleta y una figura alta y delgada. Causaba furor entre las mujeres, pero se rumoreaba que nunca había tenido pareja. Tanto él como su hermano, el agente federal McKuen Kilraven, eran extremadamente conservadores y en sus vidas no había lugar para el libertinaje ni el vicio.

Joceline apartó aquel pensamiento de su cabeza. Ella sabía cosas sobre él que los demás ignoraban. En los cinco años que llevaba trabajando con él en el Departamento de Homicidios del FBI, se le hacía un nudo en el pecho cada vez que Jon se ocupaba de un caso de secuestro. Tenía un especial interés por la trata de personas, sobre todo si eran niños. En su trabajo era implacable e infatigable, y Joceline lo admiraba por ello entre otras muchas cualidades.

Se preguntaba qué pensaba Jon acerca de que hubiera concebido y criado a su hijo sin estar casada. Markie era lo más bonito de su vida, pero no se sintió particularmente dichosa al descubrir que estaba embarazada. Le dijo a todo el mundo que el padre era un amigo militar que estaba de permiso y al que ella había consolado por una ruptura sentimental. Habían salido juntos unas cuantas veces de una manera puramente amistosa, hasta que una noche los dos bebieron más de la cuenta. Esa era la versión que Joceline contaba. Bastante alejada de la historia real.

Joceline tenía muchas y buenas razones para abortar, pero se lo impidió el amor que sentía por aquel hombre, quien nunca supo nada del niño, y en consecuencia se vio obligada a guardar un terrible secreto.

—¿Has descargado en mi notebook los archivos del caso para la comparecencia? —la pregunta de Jon, repetida con impaciencia, la arrancó de sus pensamientos.

—Lo siento… ¿Qué comparecencia?

Jon frunció el ceño.

—La comparecencia a la que me has dicho que iba a llegar tarde. El caso de secuestro del chico Rodríguez. Creía que era la semana que viene.

—Es la semana que viene —le confirmó ella.

Jon sacudió la cabeza.

—Cinco minutos más oyendo hablar de peinados y creo que me habría tirado por la ventana.

—Estamos en el primer piso.

—Habría saltado por la ventana para salir corriendo —aclaró él.

—¿No fue eso lo que hizo el detective Rick Márquez cuando un ladrón le robó su portátil? —recordó ella, riendo.

—Se lanzó desnudo en su persecución y lo denunciaron por exhibicionismo.

Joceline sacudió la cabeza.

—Sigue siendo la guasa del departamento de policía.

—Márquez será teniente algún día. Acuérdate de lo que te digo.

—Lo creo.

El teléfono empezó a sonar y Joceline salió del despacho con una sonrisa.

A la mañana siguiente, Joceline llegó al trabajo casi media hora tarde. Tenía ojeras y el rostro lleno de arrugas. Sólo tenía veintiséis años, pero parecía mucho mayor. Dejó el bolso en el cajón y levantó la mirada cuando Jon apareció en la puerta.

—Lo siento, señor —se disculpó en voz baja y apagada—. Me quedé dormida.

Jon entornó sus ojos negros.

—No he dicho nada, pero últimamente te ocurre con frecuencia.

—Ya lo sé —admitió, poniéndose colorada—. Lo siento mucho.

Estaba avergonzada, y con razón. Joceline no era una simple ayudante que se ocupara de llevar los cafés y atender llamadas. Era la mejor asistente jurídica que Jon había conocido. Cumplía con su trabajo, nunca holgazaneaba y se quedaba a trabajar por la noche cuando era necesario. No era una persona aficionada a las fiestas y las juergas, de modo que debía de haber un motivo más serio para que se hubiese quedado dormida.

—¿Qué ocurre, Joceline? —se lo preguntó en un tono tan amable que ella tuvo que morderse el labio para contener las lágrimas.

—Problemas personales, señor —respondió con voz ronca, y levantó una mano cuando él se dispuso a hablar—. No puedo… hablar de ello. Lo siento. En lo sucesivo me esforzaré por ser puntual.

Jon se preguntó si el problema podía ser otro hombre en su vida. No le gustó nada aquella posibilidad, y se sorprendió por estar pensando en ello. Joceline era su ayudante y su vida privada no le concernía en absoluto. Pero llevaban trabajando juntos varios años y no podía evitar la preocupación.

—Si necesitas ayuda… —empezó.

—Gracias, señor —lo interrumpió ella con una rígida sonrisa—, pero puedo arreglármelas yo sola.

Jon aceptó su respuesta y cambió de tema para centrarse en el trabajo.

—¿Qué hay en la agenda para hoy?

Cuando se disponía a marcharse para comer con su hermano, Joceline apareció en la puerta del despacho, muy seria.

—¿Qué pasa?

Ella vaciló un momento.

—Han soltado a Harold Monroe esta mañana.

Jon puso los ojos en blanco.

—¿Mi seguro de vida está vigente?

—No es para tomárselo a broma. Monroe atacó a un policía con un cuchillo cuando usted lo detuvo.

Era irónico que otro hombre que había amenazado de muerte a Jon hubiese muerto de un ataque al corazón en la cárcel el día antes de ser puesto en libertad. Joceline había creído entonces que su jefe estaría a salvo, pero el alivio no duró mucho. Unos días después, Monroe fue arrestado y condenado por trata de personas y juró vengarse de todos los que lo habían llevado a prisión, incluido Jon.

—Monroe atacó al policía con un cuchillo, se tropezó con la moqueta y se clavó el cuchillo en la pierna —le recordó Jon con un brillo en sus ojos negros—. Luego intentó denunciar al policía por agresión.

—El asunto fue de risa —corroboró Joceline—. Pero en ocasiones hasta los más torpes son capaces de cumplir sus amenazas.

Jon hizo un gesto con la mano para quitarle importancia.

—Si alguna vez me mata, podrás visitar mi tumba y decir que ya me lo advertiste. Seguro que te oigo, esté donde esté.

A Joceline no le gustó la broma y apartó la mirada.

—En cualquier caso, al fiscal del distrito le pareció conveniente informarle de la libertad condicional de Monroe.

—Es todo un detalle. Cuando puedas, transmítele mis agradecimientos a Mary Crawford.

Joceline sonrió. Mary era una de las ayudantes más competentes del fiscal del distrito y algún día acabaría desempeñando el cargo.

Jon pareció leerle el pensamiento.

—Aunque llegue a ser la fiscal del distrito, tú nunca trabajarás para ella —le advirtió con firmeza—. Soy demasiado viejo para acostumbrarme a un personal nuevo. La chica que tenemos a media jornada me saca de quicio.

—Phyllis Hicks es una buena chica —la defendió Joceline—. Sólo porque la pobre cometiera un par de errores con una deposición...

—¿Un par de errores? —exclamó él—. ¡Esa mujer no sabe ni deletrear!

—El corrector ortográfico no funcionaba.

—Joceline... Es estudiante universitaria. Se supone que te enseñan gramática en la escuela antes de llegar a la universidad, ¿no? —levantó las manos al aire—. Cada vez que entro en un foro de Internet tengo que enfrentarme a una generación de analfabetos que escriben sin comas, tildes ni signos de interrogación, que desconocen la existencia de la h y que se empeñan en usar unas abreviaturas indescifrables.

—No todos podemos ser unos expertos literatos, señor. Y además, todos los ordenadores modernos disponen de un corrector.

Jon le clavó una intensa mirada.

—Esta civilización acabará yéndose al traste. Acuérdate de

lo que digo. Si la gente no sabe escribir como es debido, tampoco sabrá leer una simple hoja de instrucciones. El resultado será el caos.

Joceline sacudió la cabeza. El analfabetismo era la cruz particular de su jefe.

—El caos no se desata por no leer bien una hoja de instrucciones.

—Espera a que algún idiota encienda una cerilla junto a un tanque de oxígeno y luego me lo dices.

Los ojos de Joceline se iluminaron.

—En un capítulo de *Miami Vice*, tengo la serie en DVD, el protagonista hace explotar una refinería de coca con un cigarrillo y...

—No me lo digas. También sigues viendo *El Equipo A*.

— Cada vez que el equipo debía volar a algún sitio tenían que dejar a M.A. inconsciente, porque les tenía un miedo atroz a los aviones —se rio.

—Echan de todo por la tele.

—Sí. Qué estupendo debe de ser la televisión por cable o satélite —suspiró con anhelo—. Al menos tengo mi reproductor de DVD, aunque sea viejo.

Jon se quedó horrorizado. Nunca le había preguntado a Joceline por su situación económica, pero al observarla de cerca advirtió que su ropa, aunque aprovechable, era bastante vieja. A Jon no le interesaba mucho la moda femenina, pero hasta él podía ver que el atuendo de Joceline estaba más que desfasado y que sus zapatos estaban llenos de raspaduras.

Ella se puso colorada ante su escrutinio.

—No hay nada malo en vestir con un estilo conservador.

Jon arqueó las cejas.

—Mientras no te pongan el cepo...

—Esto no es Massachusetts ni estamos en el siglo XVII.

—Por suerte —suspiró él—. ¿Mi hermano va a recogerme para ir a comer?

Joceline se puso un dedo en la frente y cerró los ojos.

—Veo un todoterreno negro entrando en el aparcamiento en este preciso instante —abrió un ojo y miró hacia la ventana.

Jon salió rápidamente por la puerta y Joceline sonrió para sí misma. Le gustaba provocar a su jefe y lo hacía muy a menudo. Jon era demasiado serio. Necesitaba relajarse un poco y tomarse la vida con más despreocupación.

Entonces pensó en su propia situación y suspiró. Si no tuviese sentido del humor, se sumiría en una depresión sin remedio. Su vida no era un camino de rosas, precisamente. Pero llorar no servía de nada.

—Otra vez estás de malhumor —observó Kilraven. Los dos hermanos tenían el mismo color de pelo, pero Kilraven lo llevaba corto y sus ojos eran grises mientras que los de Jon eran negros. En realidad sólo eran hermanastros, aunque eso no les impedía estar muy unidos.

—Cammy me saca de mis casillas —respondió Jon—. Ayer por la mañana me envió a otra chica que me estuvo dando la tabarra durante media hora con modas y peinados.

Kilraven le echó un breve vistazo mientras se internaba en el tráfico.

—No te ofendas, pero no te vendrían mal algunos de esos consejos.

—Visto muy bien, gracias —declaró Jon. Llevaba un traje gris de seda de tres piezas, mientras que Kilraven iba vestido con un pantalón caqui y un polo blanco.

—Tu estilo es elegante, de acuerdo. Pero tu pelo deja mucho que desear.

—Soy un lakota —dijo Jon—. No hay nada malo en que lleve el pelo largo.

—También eres un cherokee —le recordó Kilraven.

Jon suspiró.

—Me gustan mis raíces y mi cultura.

—A mí también.

—No lo parece.

Kilraven se encogió de hombros.

—Mis antepasados no me definen.

—Ni a mí —replicó Jon, irritado—, pero prefiero los genes amerindios.

—No estaba acusándote de nada —dijo su hermano alegremente—. Estás enfadado porque Cammy quiere que te cases y le des un montón de nietos.

—¿No os estáis encargando ya Winnie y tú de eso? —Winnie Sinclair, de Jacobsville, era la nueva esposa de Kilraven.

—Así es —le confirmó Kilraven, riendo—. Y no te imaginas lo impaciente que estoy.

—Me alegro de que por fin hayas podido dejar atrás el pasado —le dijo Jon con sincero afecto. La mujer y el hijo de Kilraven habían sido brutalmente asesinados siete años antes, y Jon nunca había creído posible que su hermano volviera a casarse. Era estupendo que hubiese encontrado a una pareja tan maravillosa.

—¿Tú no piensas casarte nunca?

Jon hizo una mueca.

—Si lo hago, no será con una de las candidatas que me envía Cammy, desde luego.

Kilraven se rio.

—¿Esta no era de una agencia de acompañantes?

—No lo sé. Tendré que pedirle a Joceline que la investigue.

—Eso es ilegal, a menos que estuviera solicitando un empleo en el FBI.

Jon arqueó una ceja.

—Para ser alguien a quien le encanta infringir las reglas te pones demasiado severo con su cumplimiento.

—Todos maduramos, tarde o temprano. Algunos simplemente tardamos más en hacerlo.

—Cierto.

—¿Te has comprado el nuevo juego de Halo?

—Lo compré hace tiempo, pero todavía sigue en la estantería.

—Tú y tu World of Warcraft —Kilraven suspiró y sacudió la cabeza—. A mi cuñado, Matt, también le encanta. Siempre que no está en la escuela se dedica a matar monstruos con sus amigos online. Su amigo más reciente es una señora de sesenta y cuatro años, abuela de tres nietos.

Jon soltó un silbido de asombro.

—¿Sabe ella qué edad tiene Matt?

—Claro que lo sabe. Y Matt también juega con un grupo de una residencia de ancianos. Todos tienen conexión a Internet y su pasatiempo favorito, por no decir el único, es jugar al World of Warcraft, ya que su estado físico no les permite hacer mucha vida social en el mundo real —sonrió—. El juego los ayuda a conservar la coordinación manual y visual y les ofrece una ventana al exterior.

—Lo sé. Yo también juego. ¿Cuál es el alias que utiliza Matt en World of Warcraft?

—Uno de sus personajes es un Caballero de la muerte del nivel dieciocho, llamado Kissofdeaths.

Jon abrió los ojos como platos.

—¿Ese es Matt? ¡He estado en las mazmorras con él! Él se dedica a hacer de escudo y yo le ofrezco las pócimas de mi druida.

—Tengo que decírselo. Seguro que se parte de risa.

—Ni se te ocurra —le advirtió Jon—. Ahora que sé quién es, me voy a divertir mucho a su costa.

Kilraven metió el coche en el aparcamiento de un restaurante mexicano, apagó el motor y miró a Jon.

—Han puesto en libertad a Harold Monroe —le dijo.

—No empieces. Joceline ya me lo ha dicho, y ella también está preocupada. Ese tipo es un idiota integral. Ni siquiera puede andar y mascar chicle al mismo tiempo.

—Ha participado en todos los negocios ilegales de San Antonio. Está acusado de robo, estafa, proxenetismo… Siempre conseguía librarse de todos los cargos, hasta que Joceline y tú conseguisteis que unos testigos lo denunciaran por secuestrar a la hija adolescente de unos inmigrantes indocumentados para llevarla a un burdel. Monroe juró que acabaría siendo absuelto y que ya se desquitaría cuando volviera a pisar la calle. Se ha pasado tres meses en la cárcel esperando el juicio, y en ese tiempo ha visitado la celda de aislamiento más veces que cualquier otro preso.

—Lo que demuestra que siempre acaban pillándolo.

—¿De qué te servirá a ti que lo pillen después de haberte eliminado?

—Mi sexto sentido siempre me alerta de posibles emboscadas. Y recuerda que nunca me han puesto una multa por exceso de velocidad.

—Lo cual es sorprendente, viendo a la velocidad a la que conduces.

Jon sonrió.

—Siempre sé dónde están ocultos los controles de carretera.

Era cierto. Kilraven se había quedado pasmado la primera vez que Jon le dijo que redujera la velocidad porque había un coche patrulla bajo el puente que cruzaba la siguiente colina. Kilraven se echó a reír, pero levantó el pie del acelerador. Y efectivamente, cuando coronaron la colina vieron el coche de policía semioculto bajo el puente.

—Con ese don deberías ser algo más que un poli —le reprochó Kilraven.

Jon se encogió de hombros.

—Imagínate el escándalo si un oficial del FBI fuera arrestado por sobrepasar los límites de velocidad en su jurisdicción.

—Pues no corras tanto —le recordó su hermano.

—Todo el mundo corre. A algunos los pillan y a mí no.

—De momento.

—Cuando lo hagan, pagaré la multa y asunto solucionado —replicó Jon—. ¿Vamos a comer o a quedarnos aquí hablando?

Kilraven se desabrochó el cinturón de seguridad y abrió la puerta.

—De acuerdo, sigue eludiendo la cuestión de Monroe si quieres. Pero por lo que más quieras, cierra todas las puertas por la noche y estate siempre alerta.

—Eres peor que Cammy.

—De ningún modo —protestó Kilraven—. Yo no te envío chicas solteras a la oficina para que intenten echarte el lazo.

—Supongo que no.

—Seguro que ni siquiera te da cuenta de lo que tienes delante —le dijo Kilraven mientras se dirigían hacia la entrada del restaurante.

—¿A qué te refieres?

—A Joceline. Es una mujer extraordinaria. Le sentaría bien un cambio de imagen, pero es inteligente y despierta.

—Sólo te gusta porque es una experta en la Escocia del siglo XVII —repuso Jon. La historia escocesa era la pasión de su hermano.

—También conoce la historia de Europa. Y la americana.

—Sí, ayer hizo gala de sus conocimientos frente a la candidata de Cammy. La chica no hacía más que hablar de moda y Joceline la puso en su sitio con sus agudas referencias históricas sobre los códigos de vestimenta.

—Ya te he dicho que es muy inteligente.

—Claro que lo es —corroboró Jon—. Pero yo no quiero casarme. ¡Sólo tengo treinta años!

—Casi treinta y uno —le recordó Kilraven con afecto fraternal—. Y no sabes lo que te estás perdiendo.

—Si no lo sé, no lo echaré en falta. Y ahora vamos a comer —dijo rápidamente para zanjar el tema.

Kilraven se rio y lo siguió al interior del restaurante. Jon había salido con Joceline en una ocasión, años atrás. Había sido una cita realmente extraña, con visita al hospital incluida y amenazas de denuncias. Jon jamás hablaba de ello. Guardaba celosamente sus secretos, y lo mismo hacía Kilraven. A su hermano no le gustaría que le recordaran que en aquella fiesta a la que asistió con Joceline le echaron una droga en su bebida.

—Pero si es una chica encantadora… —protestó Cammy al otro lado de la línea—. ¡Es muy guapa y tiene muy buenos contactos!

—Se pasó media hora hablándome de la última moda en peluquería —masculló Jon.

Su madre suspiró con irritación.

—¡Al menos viste mejor que esa secretaria tuya de lengua viperina!

—Es mi ayudante administrativa —corrigió Jon—. Y Joceline al menos sabe manejar su presupuesto y no tiene que pedir préstamos para comprarse ropa.

—A la vista está —fue la sarcástica respuesta.

Jon frunció el ceño.

—¿Ya no te acuerdas de cuando eras pobre, Cammy? —le preguntó tranquilamente.

—Claro que me acuerdo, y deja de llamarme por mi nombre. Soy tu madre.

—Lo siento, lo hago sin pensar. Mac te llama igual.

—Llámalo McKuen, si no te importa. Odio ese apelativo.

—A él tampoco le gusta.

—Tu secretaría tiene un hijo bastardo —siguió Cammy—. No quiero que te relaciones con alguien así.

Jon tuvo que hacer un gran esfuerzo para contenerse.

—Estamos en el siglo XXI.

—La moralidad es lo que nos separa de los salvajes —replicó ella—. Las reglas de conducta impiden que la civilización se hunda. ¡Pero mira a tu alrededor! Las mujeres ya no se dedican a criar hijos, sino a dirigir empresas. ¿Nunca te preguntas por qué la tasa de criminalidad es cada vez más alta entre los jóvenes? ¿Quién se preocupa por enseñarles valores? ¿Quién…?

—Me esperan en los juzgados, Cammy.

Su madre interrumpió la diatriba, pero su furia seguía palpándose en el auricular.

—Deberías buscarte a otra secretaria.

—Gracias por haber llamado, y que te tengas un buen día. Te llamaré el fin de semana.

—Ven al rancho el fin de semana —sugirió ella.

Donde su candidata nupcial estaría sin duda esperándolo.

—Me temo que no voy a poder. Tengo una operación de vigilancia.

—Eres un agente del FBI, ¡seguro que puedes delegar la tarea en alguien!

—Esta no. Tengo que irme, Cammy. En serio.

—No me gusta que trabajes en ese departamento de homicidios. ¡Podrías dedicarte a los criminales de guante blanco! Jon…

—¡Adiós, Cammy!

—¡No me llames Ca…!

Jon colgó y dejó escapar una profunda exhalación. Fue entonces cuando advirtió la presencia de Joceline al otro lado de la puerta que él había olvidado cerrar. Estaba muy pálida. Entró sin decir nada y dejó un documento en la mesa con una sonrisa forzada.

Sin darle tiempo a Jon a decir algo, volvió a salir y cerró

la puerta, dejándolo con la duda de cuánto habría escuchado de la conversación telefónica.

Joceline se dejó caer en la silla e intentó acallar la voz de la madre de Jon, que seguía resonando en su cabeza. La mayoría de los agentes usaba teléfonos móviles, por lo que era imposible escuchar a sus interlocutores, pero Jon hablaba por un teléfono fijo y la voz de Cammy Blackhawk podía oírse a varios metros de distancia. La abierta hostilidad de sus palabras hizo que Joceline sintiera náuseas.

Sabía que la gente hablaba de ella. Su situación daba pie a muchos cotilleos y comentarios maliciosos, incluso en los tiempos modernos. Para una persona como Cammy Blackhawk, perteneciente a una generación menos tolerante, ella resultaba ser el blanco perfecto de las críticas. Para dificultar aún más la situación, Joceline estaba desesperadamente enamorada de su jefe.

A Jon le gustaba estar soltero. Muy rara vez salía con alguien, y cuando lo hacía, era con alguna letrada o una jueza. En una ocasión fue con una atractiva abogada de oficio. Pero normalmente sólo había una primera y única cita. Como la que tuvo con ella, algo en lo que era mejor no pensar.

Sentía curiosidad por esa forma de vida tan solitaria y casi monástica que llevaba su jefe, pero no podía preguntárselo. Era una pregunta demasiado personal. Una vez, sin embargo, lo oyó hablar con su hermano sobre lo agresivas que podían ser las mujeres. Su supuesta castidad era un reclamo para cualquier mujer permisiva, por lo que seguramente se había enfrentado a más de un intento de seducción. Quizá hubiese heredado aquella estricta moralidad de su ultraconservadora madre.

Joceline contempló la foto de Markie que llevaba en la cartera. Era una mezcla de ella y de su padre, del que había heredado la nariz recta y el pelo negro. Su padre había sido un hombre atractivo e inteligente, y Joceline tenía la esperanza de que Markie fuese igual en esos aspectos.

Suspiró con nostalgia al recordar la creciente fascinación que se iba apoderando de ella a medida que avanzaba el embarazo. Markie era un niño precioso, delgado y con el mismo brillo de picardía que su padre en sus ojos azules. Le gustaba jugar al escondite y a los videojuegos, especialmente a Super Mario Bro. Siempre estaba suplicándole a su madre que tuvieran un perrito o un gatito, pero ella le había explicado que era imposible. Los dos estaban fuera casi todo el día, él en la guardería y ella en el trabajo, y además no tenían espacio. Vivían en un pequeño apartamento de un solo dormitorio, y Markie dormía en una camita junto a la suya. Era lo más sensato por la noche, debido a unos problemas de salud de los que Joceline jamás le había hablado a su jefe. Vivía en una inquietud constante por su hijo. Existían buenos medicamentos para su estado, pero los que estaban usando no parecían tener mucho efecto, especialmente en primavera y otoño. Las hojas empezaban a caer con la llegada del frío a San Antonio, y Markie estaba teniendo más problemas que de costumbre. No era de extrañar que tuviese ojeras y llegase tarde al trabajo. Sobre todo después de una noche como la anterior…

—Te estoy preguntando si ha llamado Riley Blake —le repitió Jon.

Joceline dio un respingo y dejó caer la foto plastificada.

Jon la recogió con el ceño fruncido y miró al niño de la foto con curiosidad.

—Se parece a ti —le dijo mientras se la devolvía.

Joceline la guardó inmediatamente.

—Sí. Lo… lo siento, señor —balbuceó.

Jon se metió las manos en los bolsillos y la miró fijamente.

—Nunca has traído a tu hijo al trabajo.

—No sería apropiado —respondió ella—. Markie se haría

un gorro de pirata con los documentos y se pondría a dar saltos sobre la mesa.

Jon arqueó las cejas. Según su madre, había sido un niño especialmente revoltoso.

—Los médicos creen que puede padecer un trastorno de atención —explicó ella—. Querían suministrarle medicamentos...

—¿Cómo? ¿Tan pequeño?

—Está en la guardería, y los otros niños se alteran por su hiperactividad.

—¿Vas a permitir que lo mediquen? —le preguntó Jon con sincero interés.

Ella levantó la mirada.

—No lo sé. Es un tema muy delicado. Creo que lo consultaré con nuestro médico de cabecera.

—Muy bien —dijo él—. Para mí también sería una decisión muy difícil de tomar.

Joceline consiguió esbozar una sonrisa.

Sintió un fuerte hormigueo por todo el cuerpo y apartó rápidamente la mirada de los ojos negros de Jon.

—Iba a imprimir este informe para usted —dijo, abriendo un archivo en el ordenador—. Tiene que comer con el ayudante del sheriff para hablar de ese caso federal de secuestro.

—Sí, hemos pensado que sería mejor discutirlo de manera informal antes de que se involucren los abogados.

—Creía que usted era abogado.

—Soy agente federal.

—Con una doble licenciatura en Derecho y Filología Árabe.

Jon se encogió de hombros y frunció ligeramente el ceño.

—¿Cómo pudiste ir a la universidad?

Joceline parpadeó con asombro.

—¿Perdón?

—Trabajas sin parar y tienes un niño pequeño —dijo él, sin añadir su precaria situación económica.

Joceline se echó a reír.

—Estudié por Internet y me saqué el título en la universidad a distancia.

—Increíble.

—La verdad es que sí —corroboró ella—. Quería saber lo más posible sobre muchos temas —su favorito era la Escocia del siglo XVI. También le interesaba la historia de Lakota, pero no iba a decírselo a Jon. Podría sonar raro, puesto que se trataba de los ancestros de su jefe.

—La historia de Escocia en el siglo XVI —murmuró él—. No te habrás enamorado de mi hermano, ¿verdad? Ese tema es su gran pasión.

Joceline frunció el ceño.

—Tu hermano es terrible. Winnie Sinclair debe de tener la paciencia y la tolerancia de un santo para poder vivir con él.

—Mi hermano no es terrible.

—Para ti no. Pero tú no estás casado con él.

Jon se rio.

—Mi madre era una MacLeod —dijo Joceline—. Sus antepasados lucharon junto a María Estuardo cuando intentó recuperar el trono de Escocia después de que se lo arrebatara su hermanastro Jacobo, conde de Moray. Pero la familia de mi padre tomó partido por Moray. Así que se podría decir que unieron a dos clanes irreconciliables.

—¿Y esa rivalidad llegó hasta tus padres?

Joceline volvió a asentir.

—Se casaron porque yo venía de camino, y se divorciaron cuando tenía seis años —su mirada se tornó distante—. Mi padre era militar. Volvió a casarse y se trasladó a la Costa Oeste. Murió mientras realizaba unas maniobras de vuelo.

—¿Y tu madre?

—También volvió a casarse. Tiene una hija un poco más joven que yo. No… no nos hablamos.

—¿Por qué? —preguntó él sin pensar.

—Mi madre me desheredó al enterarse de que había tenido un hijo sin estar casada. Es una mujer muy religiosa.

Jon emitió un gruñido de disgusto.

—Creía que el propósito de la religión era enseñar el valor del perdón y la tolerancia. Además, ¿acaso no estaba ella embarazada de ti cuando se casó con tu padre?

—La religión no siempre es lo que debería. Y, en cualquier caso, lo único que a mi madre le importaba era estar casada cuando yo naciera. Nunca estuvimos muy unidas… A mi padre, en cambio, yo lo quería mucho —carraspeó y se puso colorada—. Lo siento. No pretendía ponerme a hablar de temas personales en el trabajo.

—Te estaba animando a hacerlo —respondió él tranquilamente—. Quieres mucho a tu hijo.

Joceline asintió.

—No sabes cuánto me alegro de no haber abortado… —agarró el teléfono y empezó a marcar números—. ¡He olvidado hacer las reservas para el almuerzo!

Joceline nunca se ocupaba de esas tareas tan serviles, pero Jon no le dijo nada. La había alterado, involuntariamente, al interrogarla sobre su vida privada y su hijo.

Volvió a su despacho mientras ella hablaba por teléfono. Se había acercado a su mesa con la intención de disculparse por la grosería de Cammy, pero se había distraído al ver la foto de su hijo. Joceline había pensado en abortar, pero ¿por qué? A Jon le parecía una persona muy prudente y con un fuerte instinto maternal, aunque quizá el suyo había sido un embarazo no deseado. Cualquiera podía tener un accidente, incluso aquella eficiente ayudante administrativa que, hasta donde Jon era consciente, no había salido con nadie en los últimos cuatro años.

En los últimos cuatro años no recordaba haberla visto salir con nadie.

Se sentó tras la mesa y pensó en el embarazo de Joceline. El FBI no discriminaba a las madres ni a las embarazadas, y aunque el estado de Joceline no sentó bien a todo el mundo, ella mantuvo una actitud impecablemente discreta durante todo el embarazo.

Casi murió al dar a luz, y Jon recordó la impresión que le produjo verla después del parto. Estaba pálida, desfallecida y completamente deshecha por la traumática experiencia.

Jon había atribuido la reacción al dolor y los medicamentos que siguieron a la cesárea, pero ahora sentía curiosidad por la misteriosa figura del padre del niño.

El teléfono de su mesa empezó a sonar.

—Es el sargento Márquez —le dijo Joceline, antes de pasarle la llamada.

—Márquez —lo saludó Jon—. ¿Qué te cuentas?

—Ni se te ocurra hacer un comentario sobre la persecución del tío que me robó el ordenador —le advirtió Márquez—. Ya he recibido las críticas de todo el mundo, incluidas las del alcalde.

—¿En serio? A lo mejor se quedaron impresionados al verte corriendo desnudo por la calle.

—Cuidado con lo que dices, Blackhawk… ¿O es que estás celoso por la atención que recibí? Seguro que nadie se fijaría en ti si corrieras desnudo por la calle.

Jon se echó a reír.

—Nunca lo sabremos.

—Te llamo para decirte que Harold Monroe ha sido absuelto de los cargos gracias a un abogado de primera y a que los padres se negaron a testificar en el último momento. Seguramente ya te lo hayan comunicado desde la oficina del fiscal del distrito, pero quería cerciorarme de que estabas enterado.

—No eres la primera persona que me lo dice, pero ese Monroe es un inútil total. No sabría ni hacer la O con un canuto.

—Hasta los más inútiles pueden lograr hazañas asombrosas —repuso Márquez—. Vigila tus espaldas.

—Me pintaré una diana para facilitarle la tarea a Monroe —dijo Jon, riendo—. Pero de todos modos agradezco tu preocupación.

—No hay de qué. ¿Te sigue gustando el fútbol?

—No mucho. Los videojuegos me tienen absorbido.

—Eso he oído —una pausa—. Ayudaste a un guerrero del nivel décimo a conseguir una bolsa para transportar su botín por los Barrens.

Jon abrió los ojos como platos.

—Sí…

—Era uno de mis personajes —le confesó Márquez, riendo—. ¿Lo ves? Nunca sabes con quién estás jugando.

—Eso me recuerda una cosa… ¿Sabías que el cuñado de mi hermano también juega? Tiene un caballero de la muerte de nivel 80… —le dio el nombre.

—¡No me digas! Hace unos meses luchamos juntos contra la Horda en el muelle de Darkshore, antes de que la expansión lo destruyera.

—Es un jugador formidable.

—Me salvó el trasero. Como decía antes, nunca se puede estar seguro de nada, ¿eh?

—Eso es lo que lo hace tan emocionante —Jon dudó un momento—. ¿No piensas casarte nunca?

—Mira quién habla… ¿Tu última cita no fue con aquella abogada que sólo intentaba conseguir información para salvar a su cliente?

Jon endureció los músculos faciales.

—Sí.

—¿No era demasiado joven para ti?

—Veintidós años, y yo tengo treinta, casi treinta y uno. No hay mucha diferencia.

—Es una generación —insistió Márquez, riendo—. Pero ella tenía sus intenciones ocultas…

—Estuvo a punto de perder su licencia.

—Al menos no tuviste que sacarla esposada de tu despacho.

—Esa mujer era peor que una fulana —espetó Jon—. ¡No puedes imaginarte lo que hizo, y en mi maldito despacho! Y todo por culpa de mi madre.

—Maldecir en una oficina federal es un comportamiento impropio y motivo de denuncia al Agente Especial al Mando, señor —la alegre voz de Joceline se oyó sobre la conversación telefónica.

—¡Deja de escuchar a escondidas! —le gritó Jon.

—Y elevar la voz supone otra infracción de las reglas elementales de cortesía.

—¡Joceline!

—Hay un abogado defensor ahí fuera que quiere hablar con usted.

Jon permaneció dubitativo mientras Márquez se reía al teléfono.

—Oh, no, no es esa chica —lo tranquilizó Joceline en tono jocoso—. Es hombre, y muy atractivo.

Por algún extraño motivo, la aclaración irritó aún más a Jon.

—Lo recibiré enseguida. Llévalo a la zona de descanso y enséñale dónde está la cafetera.

—Eso sería una tarea trivial, señor —replicó ella alegremente—. Y como bien sabe, yo no desempeño tareas serviles —colgó y Jon descargó el puño contra la mesa.

—¡Cualquier día de estos te colgaré de un mástil! —rugió.

—Calma, calma —dijo Joceline, asomando la cabeza por la puerta—. Va a destrozar la mesa. Le he pedido al agente

Barry que lleve al visitante a la zona de descanso. Parece que a los agentes no les importa hacer café…

Jon agarró una revista y la levantó amenazadoramente en el aire, y Joceline se esfumó al instante.

—¡Asalto con arma letal! —dijo al otro lado de la puerta cerrada.

—¡Una revista de videojuegos no es un arma letal!

Márquez seguía riéndose al teléfono.

—No sé cómo aún no le he tirado mi almuerzo a la cabeza —masculló Jon.

—Procura que sea algo apetitoso —le sugirió Márquez—. Te dejo que vuelvas a tus guerras particulares. Sólo quería asegurarme de que sabías lo de Monroe.

—Gracias. De verdad.

—¿Para qué están los amigos? —se despidió y colgó.

Jon miró la puerta cerrada y se levantó para abrirla. Joceline estaba sentada en su mesa con una expresión angelical. Se mordió el labio para no reír al ver la indignación de su jefe.

El abogado se acercó por el pasillo con un vaso de plástico lleno de café. Era un hombre joven y esbelto, con el pelo rubio pulcramente recortado.

—¿No hay nadie que sepa hacer un café decente? —preguntó con una mueca—. Con este brebaje se podrían desoxidar coches viejos.

—Yo hago un café excelente —dijo Joceline.

—¿Y por qué no lo hace? —quiso saber el abogado.

—No forma parte de mi trabajo, señor —respondió ella con una sonrisa inexpresiva—. No desempeño labores serviles.

—¿Eres su secretaria y no le haces café?

—No soy una secretaria. Soy ayudante administrativa y asistente jurídica —corrigió Joceline—. El señor Blackhawk se desmayaría si alguna vez me viera desempeñar una tarea semejante.

—No me desmayaría —protestó Jon—. Me daría un ataque al corazón.

—Por suerte, también sé cómo realizar una reanimación cardiorrespiratoria —dijo Joceline—. Está a salvo conmigo, señor.

Jon la fulminó con la mirada.

—No conviene tenerla como enemiga —comentó el abogado—. Puede que sus habilidades médicas resulten de utilidad si se empeña en seguir bebiendo esto —dejó el vaso en la mesa de Joceline.

—Por favor, no haga eso —le dijo ella—. Si se derramara sobre un ordenador, la agencia tendría que pedirle que lo reemplazara.

—¿Cómo va a derramarse sobre un ordenador?

Joceline movió la mano hacia el vaso.

—Está colocado en un mal sitio —señaló el ordenador portátil, a escasos centímetros—. Si le diera accidentalmente con la mano…

El abogado recogió rápidamente el vaso.

—Lo siento. Yo…

—Deme eso —Jon le arrebató el vaso de la mano y lo vació en un ficus del pasillo.

—¿Cómo se puede ser tan cruel? —lo acusó Joceline cuando Jon volvió y tiró el vaso vacío a la papelera—. ¿Qué le había hecho esa pobre planta?

—Esa planta lleva días muriéndose de sed sin que nadie se preocupe de regarla, así que no creo que se queje. Y como te atrevas a… —entornó la mirada.

—No tengo ningún contacto en la sociedad protectora de plantas.

—Con la suerte que tengo, seguro que montas una —murmuró Jon—. Pase a mi despacho… Harris, ¿no?

—Bill Harris —respondió el abogado, asintiendo con la cabeza.

—Tome asiento, por favor. ¿De qué quería hablar conmigo?

Joceline acabó de trabajar muy tarde, pues tenía que redactar tres cartas e imprimirlas para Jon. La impresora se quedó sin tinta y le costó una eternidad encontrar los cartuchos. Al acabar, miró el reloj e hizo una mueca de disgusto. Sólo tenía diez minutos antes de que cerrase la guardería. A la encargada no iba a hacerle ninguna gracia.

—¿Qué ocurre? —le preguntó Jon al fijarse en su expresión preocupada.

—La guardería cerrará dentro de diez minutos y…

—Lárgate —le ordenó él—. Yo acabaré esto.

Ella vaciló.

—¡Fuera!

—Gracias, señor.

—De nada.

Joceline llegó dos minutos antes del cierre. La expresión de la encargada hablaba por sí sola, lo que aumentó aún más la preocupación de Joceline por las quejas que había estado recibiendo por el comportamiento de Markie.

—Como vuelva a ocurrir… —empezó a advertirle la mujer.

—No volverá a ocurrir —le prometió Joceline—. Mandaré a alguien a recogerlo si tengo que volver a quedarme trabajando hasta tarde.

La encargada suspiró.

—Supongo que el horario en una oficina federal no debe de ser muy normal.

—La verdad es que no —admitió Joceline—. Pero necesito el trabajo y no puedo negarme a las horas extras.

—Mi marido fue agente federal, hace muchos años —la mujer sorprendió a Joceline con la revelación—. Siempre estaba de servicio.

—Debió de ser muy duro para usted. Conozco a las mujeres de dos de nuestros agentes. Se quedan con el corazón en un puño cada vez que estamos trabajando en un caso peligroso.

La mujer sonrió.

—Tuve dos hijos y no podía permitirme pagar una guardería, así que me quedé en casa hasta que fueron a la escuela. Tampoco podía permitirme una guardería por la tarde, así que acabé montando mi propio negocio.

—Fue la mejor solución —dijo Joceline con una sonrisa.

—La próxima vez que tengas que trabajar hasta tarde, llámame. Tengo a una chica que dejó la guardería para ocuparse de sus hijos. Estaría encantada de recoger a Markie y quedarse con él. ¿Quieres su número de teléfono?

—Sí —respondió Joceline enseguida, sin pensar en lo que podría costarle.

La mujer anotó el número y se lo entregó.

—No te costará un ojo de la cara —le aseguró, sonriendo.

—Sus tarifas son muy bajas —dijo Joceline.

La encargada se rio.

—Mi presupuesto era muy limitado cuando fui madre, y quería ayudar a otras madres con una situación parecida a la mía.

—Le estoy muy agradecida… Mi presupuesto ha pasado de ser limitado a ser casi inexistente.

—Podrías pedirle un aumento a ese jefe tuyo tan guapo.

—¿Cómo sabe que es guapo?

—Su foto apareció en los periódicos cuando otro agente y él atraparon a un traficante. Me pone enferma lo que algunas personas pueden hacer con gente inocente e indefensa sólo para sacar beneficios. Esa gente que explota a niños pequeños en burdeles es… —sonrió—. Lo siento. Me hierve la sangre sólo de pensarlo. Voy a por Markie.

Un par de minutos después volvió con el pequeño.

—¡Mamá! —exclamó Markie al verla—. He aprendido a dibujar un pájaro. ¡La señorita Ellie me ha enseñado! ¡Y dice que lo hago muy bien!

—Tendrás que enseñármelo. Dale las buenas noches a la señora Norris.

—Buenas noches, señora Norris —se despidió obedientemente Markie, antes de hundir la cara en el cuello de su madre y abrazarse a ella con todas sus fuerzas.

—Gracias —dijo Joceline.

—Los hombres no saben lo dura que puede ser la vida para una mujer trabajadora.

—No, no tienen ni idea —corroboró Joceline.

—¡Me lo he pasado muy bien! —dijo Markie cuando entraron en el apartamento, pequeño y austeramente amueblado, y Joceline echó los tres cerrojos—. ¡Mira mis dibujos!

Joceline se sentó, agotada, y abrió sin mucho entusiasmo la carpeta que le ofrecía su hijo.

—¡Markie! —exclamó al ver el primer dibujo—. ¿Lo has dibujado tú?

—¡Sí! Vi el pájaro por la ventana y lo dibujé!

—Lo dibujé —corrigió ella distraídamente.

—Es un…

—Un jilguero —el brillante plumaje amarillo y las marcas negras hacían inconfundible al macho. En invierno, las plumas se volverían del color verde apagado que caracterizaba a las hembras.

—Tú sabes mucho de pájaros —dijo Markie mientras ella hojeaba los dibujos—. Tienes muchos libros de pájaros y también tienes unos prismáticos —se frotó la cabeza contra el brazo de su madre—. ¿Puedo mirar otra vez por los prismáticos? Quiero ver si tenemos pájaros como ese en nuestra casa.

—No creo que tengamos jilgueros —respondió ella. No tenía dinero para comprar las carísimas semillas especiales con que se alimentaban a las aves.

—Podrías hacer pan para ellos —sugirió Markie—. Cocinas muy bien.

—Gracias, cariño —se inclinó para besarlo en la espesa mata de pelo negro.

—A mí me gustan mucho las tortitas. ¿Podemos hacer tortitas?

Joceline miró las mejillas sonrosadas de su hijo, sus grandes ojos y su adorable expresión. Markie era lo más importante de su vida, y era increíble lo mucho que le había cambiado la vida desde la primera vez que lo vio.

—Sí —accedió. Siempre lo mimaba demasiado—. Tortitas con beicon y sirope. Pero sólo porque estoy muy cansada para hacer otra cosa.

—¡Gracias, mamá!

—De nada.

Los otros dibujos también eran de pájaros. No eran más que unos bocetos inacabados, pero en ellos se advertía un gran talento. Si Markie seguía interesándose por el dibujo, habría que buscarle un profesor de Arte.

Pero eso costaría dinero, y a Joceline no le quedaba ni un centavo para gastos extras. Suspiró. Al menos tenía a Markie, se recordó a sí misma.

El resto no tenía importancia.

Harris, el joven abogado de oficio, estaba intentando conseguirle un trabajo a su cliente, quien con sólo veinte años ya estaba casado y tenía un hijo. El atraco a un banco lo había puesto en el punto de mira del FBI. Fue arrestado, acusado y condenado a prisión, pero gracias a su buena conducta y a los espectaculares malabarismos legales de su abogado lo pusieron en libertad condicional. Había sido uno de los casos de Jon.

—Una noche se emborrachó con unos amigos, y luego robaron una sucursal bancaria cuando abrió a primera hora de la mañana —explicó Harris mientras jugueteaba con su servilleta en el restaurante donde había invitado a comer a Jon Blackhawk—. Al chico le cayeron cinco años, a pesar de que estuvo dormido en el asiento trasero todo el tiempo.

—Un feo asunto.

—Es mi primer caso de verdad —dijo el joven abogado—, y quiero hacerlo bien. El abuso de drogas es responsable de muchos de los problemas de nuestra sociedad.

—En cierta ocasión intentaron prohibir el alcohol —comentó Jon.

—Sí, y los resultados fueron muy interesantes —Harris se rio—. Los únicos que sacaron provecho de la Prohibición fueron las bandas de gánsteres.

—Es lo que suele ocurrir cuando algo se declara ilegal. ¿Es el primer delito de tu cliente?

Harris asintió.

—Imparte clases de catequesis en la escuela dominical.

—Conozco a un párroco que se vio envuelto en un caso de asesinato.

Harris volvió a reírse.

—Sé lo que quieres decir. Pero este muchacho ha tenido un comportamiento intachable desde que aprendió a caminar. He hablado con todos sus parientes y algunos amigos, y también con sus profesores y tutores. Todos, sin excepción, pondrían la mano en el fuego por él.

—Parece que has trabajado mucho en el caso.

—Desde luego, y además lo he hecho en mi tiempo libre. Creo en este chico y quiero ayudarlo. Si le consigo un trabajo y lo convenzo para que se aleje de esas amistades, que también están en libertad condicional, puede que tenga una oportunidad. Tiene un hijo de tres años y una mujer que lo adora.

—Es muy triste —dijo Jon. Había oído aquella historia cientos de veces y casi siempre acababa mal. Pero no iba a decírselo a aquel abogado ingenuo y apasionado lleno de ideales.

—El chico vive en Jacobsville. Se me ocurrió que, como tu hermano trabaja allí con Cash Grier, tal vez pudiera hablar con el responsable de la condicional e interceder por el chico. Podría hablar de las malas compañías con las que se relacionó y ver si hay alguna manera de alejarlo de ellas —el tono del abogado se hacía más esperanzado por momentos—. Un buen rapapolvo al comienzo de la libertad condicional podría ser de gran ayuda.

Jon se echó a reír.

—Es posible. Está bien. Se lo pediré.

El rostro de Harris se iluminó como una bombilla.

—¡Gracias! Te debo una.

—Sería una lástima que la vida de un hombre se echara a perder por culpa de un único error. Sin embargo —añadió, muy serio—, si ese chico vuelve a hacer una tontería, no habrá ayuda que valga.

—Lo sé.

Jon sonrió. Hablaría con Mac, pero ya sabía cómo iba a acabar aquello.

—Ese chico es un fracasado nato —dijo Mac cuando Jon le telefoneó—. Es tan tonto que hace lo que los demás le digan, sin pararse a pensar en las consecuencias.

—No lo dudo. Pero le he prometido a Harris que te pediría ayuda. Si el chico consigue alejarse de sus malas amistades, tendrá una posibilidad. Puedes negarte si quieres. No es problema mío.

Mac suspiró.

—Supongo que podría hablar con Grier —dijo a regañadientes—. Pero si el cliente de Harris vuelve a meterse en problemas yo mismo me encargaré de que su vida sea un infierno.

—Ya me encargaría yo de eso, descuida. Gracias.

—¿Qué haces hablando por teléfono? —le preguntó Kilraven de repente—. ¿No se encarga tu ayudante administrativa de hacer todas las llamadas?

—No ha venido esta mañana —dijo Jon en tono preocupado—. Y tampoco ha llamado. No es propio de ella.

—¿La has llamado a su casa?

—Sí. No responde.

—Es extraño. ¿Tiene enemigos?

Jon se rio a pesar de la preocupación.

—No es probable que su cuerpo aparezca en el río, si te refieres a eso.

—Lo siento. Supongo que llevo demasiado tiempo en este trabajo.

—Bienvenido al club. ¿Winnie y tú vais a venir a cenar el viernes?

—Sí, siempre que Cammy no esté.

—¡Pero si a Winnie le cae muy bien Cammy!

—Ya, pero Cammy estará de un humor de perros por el desplante que le hiciste a su última candidata, y no queremos estropear una cena perfecta con las discusiones de turno.

Jon volvió a reírse.

—No la he invitado, si eso te sirve de algo.

—En ese caso, cuenta con nosotros. Winnie llevaré unos panecillos caseros. Se ofreció ella misma a hacerlos, sin que yo se lo pidiera.

—Me sorprende que aún pueda doblarse sobre el horno con esa barriga tan abultada. Por el tamaño seguro que es niño…

—Cammy es la única que acierta con esas cosas. Estaremos allí sobre las seis.

—Hasta entonces.

Jon colgó. No quería admitirlo, pero estaba muy preocupado por Joceline. Era la primera vez que faltaba al trabajo sin haber llamado antes. Sin duda le había ocurrido algo serio.

Entonces pensó en su hijo y volvió a agarrar el teléfono para empezar a llamar a un hospital tras otro.

Joceline daba vueltas nerviosamente por la sala de espera. Se había llevado el neceser de costura, pero nada conseguía distraerla del que sin duda era el peor ataque hasta la fecha. Había intentado pasar a la sala con Markie, pero el médico y la enfermera la habían echado de la manera más amable posible, explicándole que tenían que realizar las pruebas pertinentes.

Era muy duro dejar a su hijo pequeño, que parecía estar al borde de la muerte. Joceline se estaba volviendo loca. Markie era toda su vida, y si no podían salvarlo…

—¿Joceline?

Dio un respingo y ahogó un grito al oír la voz de su jefe tras ella. Atónita, se dio la vuelta.

—No es propio de ti no avisar de que no vas a ir al trabajo —le explicó—. Por eso pensé que era algo grave.

Joceline se mordió el labio.

—Es Markie… Ha sufrido un ataque… el peor que ha tenido nunca —se cruzó de brazos sobre sus pequeños pechos—. Le están haciendo pruebas.

Al menos contaba con un buen seguro médico del trabajo. Pero no bastaría para cubrir todos los gastos, y no sabía cómo iba a hacer frente a las facturas.

—¿Qué clase de ataque? —le preguntó Jon por segunda vez. Joceline estaba tan alterada que no lo había oído.

—Tiene asma. En primavera y otoño se le enfría el pecho y sufre infecciones y neumonía. Estamos suministrándole medicamentos nuevos, y también recibe inyecciones para la alergia cada semana. Pero sus pulmones son muy débiles. Nunca había sufrido un ataque tan rápido ni tan grave. Temía no llegar a tiempo al hospital y… —se mordió el labio y giró la cabeza.

—¿Lo ha visto un especialista?

—Sí. Neumólogos y alergólogos —suspiró—. Yo ni siquiera fumo.

Jon se preguntó cómo conseguiría pagar a tantos especialistas, siendo madre soltera con un presupuesto ajustado. Sabía por propia experiencia que un niño asmático suponía muchísimos gastos. Él también había sufrido problemas respiratorios en su infancia, y aún era alérgico.

Joceline miró angustiosamente hacia la puerta de la sala de urgencias, de la que acababa de salir un médico con una bata blanca y un estetoscopio alrededor del cuello.

—Es el doctor Wagner —le dijo a Jon—. Nuestro médico de cabecera.

El médico, alto y delgado, le sonrió a Joceline.

—Markie está bien, Joceline. Enseguida tendremos los resultados de las pruebas, pero tienes que dejar de preocuparte tanto. Sólo necesita tiempo para recuperarse y que las alergias respondan a las inyecciones.

Joceline dejó escapar una profunda exhalación.

—Siempre le pongo un abrigo cuando hace frío y un impermeable cuando llueve, pero se los quita en cuanto lo pierdo de vista y entonces se resfría. Ayer por la mañana estuvo lloviendo y él salió al patio en el recreo sin el chubasquero, pero no me lo dijo hasta esta mañana, cuando se despertó sin poder respirar.

El doctor Wagner se rio suavemente.

—No te culpes. Markie está muy arrepentido por lo que hizo, pero no por el peligro que corrió, sino por lo asustada que estabas. Tiene un corazón enorme para ser tan pequeño.

—En el colegio se meten mucho con él porque no puede correr como los otros niños sin asfixiarse. ¿Por qué los niños son tan crueles entre ellos?

—¿Por qué hay acoso escolar? —replicó el doctor Wagner—. No lo sé. Ojalá hubiera solución al problema, pero ahora, con Internet y el acoso cibernético, un niño no está a salvo ni en su propia casa.

—La gente debería denunciarlo —murmuró Joceline.

—Estoy de acuerdo —corroboró Jon.

El doctor Wagner lo miró con curiosidad.

—Este es mi jefe —se apresuró a presentarlo Joceline, para que el médico no se hiciera una idea equivocada—. El agente federal Jon Blackhawk.

Los dos hombres se estrecharon la mano.

—Cuando era joven quise entrar en el FBI —confesó el doctor—, pero mi padre insistió en que estudiase Medicina —se rio—. Supongo que fue la elección adecuada. En mi familia ha habido cuatro generaciones de médicos y cirujanos. No me gustaría ser yo quien rompiera la tradición.

—Es una suerte para nosotros que no lo hicieras —le dijo Joceline—. Muchas gracias por ocuparte tan bien de Markie.

El médico sonrió.

—Te dije que algún día te alegrarías de la decisión que tomaste —le dijo en tono enigmático.

—Y me alegro, a pesar de todo —le aseguró ella con una trémula sonrisa—. Me alegro muchísimo.

—¿Por qué no vas a comer algo? —le sugirió el doctor—. Cuando regreses, Markie ya estará listo para irse a casa.

—¿No tendrá que quedarse aquí?

—No, no lo creo. Sólo queremos cerciorarnos de que se ha estabilizado y que empiece a tomar el nuevo antibiótico. También me gustaría que hablaras con su alergólogo sobre los nuevos inhaladores, Joceline. Hay uno que está dando muy buenos resultados con los niños.

Joceline suspiró profundamente. El alergólogo le había sugerido uno de esos nuevos inhaladores que costaban más de cien dólares al mes. Era una fortuna, incluso con el seguro médico, pero tal vez pudiera solicitar un descuento a la compañía farmacéutica. Ya lo había hecho otras veces, con éxito.

—Gracias a Dios va a ponerse bien.

—Ha sido un placer conocerlo, agente Blackhawk —el doctor Wagner se despidió con una sonrisa y se alejó.

—Un tipo agradable —comentó Jon.

—Sí, tenemos mucha suerte de contar con él. Ha tratado muy bien a Markie.

Jon la observó con ojos entornados. El comentario que había hecho el médico sobre aquella misteriosa decisión lo tenía desconcertado.

Joceline estaba cansada y confusa por la falta de sueño. De lo contrario, habría pensado mejor en sus próximas palabras.

—El padre de Markie y yo éramos muy buenos amigos. Una vez bebimos más de la cuenta y... el resultado fue Markie.

Jon la miró en silencio.

—No me di cuenta de lo… —empezó a decir «drogado», pero se corrigió a tiempo— bebido que estaba, y él no se dio cuenta de que yo no tenía la menor experiencia. Los dos fuimos estúpidos —dudó un momento—. Al principio no sabía cómo me sentiría con un hijo no deseado —sonrió—. Pero ahora es mi mundo.

—Tu camino no ha sido fácil —repuso Jon.

—Nadie lo tiene fácil. Hacemos lo que tenemos que hacer y seguimos adelante. Adoro a mi hijo. Tengo que aceptar que Markie siempre será un hijo bastardo, por mucho que me duela. Pero no es culpa suya.

—Claro que no.

Joceline agarró el bolso de la silla donde lo había dejado.

—Voy a desayunar algo y a ver qué pueden hacer por Markie, pero no sé si podré ir hoy al trabajo. Lo siento mucho. Debería haber avisado…

—Estaba preocupado por ti —dijo Jon—. Tómate el día libre. Si mañana tampoco puedes ir a trabajar, avísame y ya está. No habrá ningún problema. El FBI no sanciona las emergencias como esta, ya lo sabes —le dedicó una amable sonrisa.

Ella se la devolvió.

—Gracias.

—¿El padre de Markie está vivo?

La pregunta la pilló completamente desprevenida.

—No… no lo sé —balbuceó.

—Dijiste que estaba en el Ejército y que fue destinado al extranjero.

—Sí, fue… —se le quebró la voz y apartó la mirada—. Se le declaró desaparecido en combate.

—Vaya, lo siento.

Ella asintió.

—Gracias por haber venido —dijo, recuperando la compostura—.. No sé ni cómo me ha encontrado.

—Abuso de poder. Puedo mover unos cuantos hilos cuando es necesario.

—Eso no está bien, señor.

—La culpa es de mi hermano, que me está corrompiendo.

Joceline se rio y miró el reloj de pared de la sala de espera.

—Dentro de diez minutos tiene una reunión en el juzgado con el sheriff para hablar de ese secuestro de Oklahoma —le recordó—. No va a llegar a tiempo.

—Intentaré pillar todos los semáforos en verde.

—Gracias otra vez.

—De nada. Te veo mañana.

Ella asintió y lo vio alejarse rápidamente. Estaba sorprendida de que se hubiera tomado tantas molestias en encontrarla al no presentarse en la oficina. Su preocupación parecía tan sincera que Joceline sintió un extraño calor en su interior, pero lo sofocó rápidamente. No podría echarse un peor enemigo que la madre de Jon. Ya sabía la opinión que de ella tenía aquella mujer, y sólo de pensarlo le entraban escalofríos.

Pero esas preocupaciones eran absurdas. Lo único que importaba era que tenía a su hijo y que Markie iba a ponerse bien.

—Siento mucho haber salido cuando estaba lloviendo, mamá —se disculpó Markie cuando estuvieron de regreso en el pequeño apartamento—. Me encanta la lluvia —añadió en tono lastimero.

—Lo sé, cariño, pero a tus pulmones no les gusta nada —dijo ella, intentando explicarse—. Y a ti no te gusta ponerte malo, ¿verdad?

Markie negó con la cabeza.

—Tampoco me gusta que te preocupes —se apretó fuertemente contra su costado—. ¡Te quiero mucho, mamá!

—Y yo a ti, cielo —respondió ella, abrazándolo también.

—La próxima vez me pondré el chubasquero.

Los dos sabían que estaba mintiendo y que Joceline debería tener mucho más cuidado en lo sucesivo. No era sólo por la lluvia. Markie era muy sensible a los virus y ya estaba incubando uno cuando se mojó. Para un chico sano y fuerte no era nada grave, pero Markie nunca había sido particularmente robusto.

El especialista le cambió las medicinas para la alergia. Joceline habló con la empresa farmacéutica y consiguió que le facilitaran los inhaladores a un precio rebajado. La medicación pareció surtir efecto y Markie no tardó en recuperarse y volver a la escuela con gran resignación. Joceline tuvo una larga charla con su profesora y con un abogado que fue lo bastante amable para ayudarla sin cobrar. El acoso fue erradicado, al menos temporalmente, aunque le comentaron que Markie se distraía mucho en clase y concertaron una cita para tratar la cuestión a solas con ella. Mientras tanto, el estado de Markie seguía mejorando y Joceline recuperó la calma, si bien quedaba por solucionar el comportamiento de su hijo en el colegio. No sabía qué hacer al respecto y no había nadie que pudiera ayudarla, salvo su médico. Ella le había expuesto la situación y él había barajado la posibilidad de que el chico sufriera un síndrome de hiperactividad. El médico se comprometió a estudiar el caso y a buscar los medicamentos apropiados.

Todo iba más o menos bien hasta que Cammy Blackhawk irrumpió en la oficina y miró a Joceline como si se tratara de una fulana.

—Quiero ver a mi hijo —exigió en tono altanero.

Joceline estaba acostumbrada a tratar con todo tipo de personas desagradables y le respondió con una sonrisa distraída.

—Por supuesto, señora. ¿Quiere sentarse en nuestra sala de espera, habilitada con los asientos más modernos y ergonómicamente diseñados?

Cammy se quedó desconcertada y Joceline agarró el teléfono.

—La señora Blackhawk desea verlo, señor.

Jon salió del despacho enseguida, irradiando una extraña fuerza protectora.

—Hola —saludó a su madre.

Cammy miró incómoda a Joceline y luego a su hijo.

—Quiero que vengas a cenar esta noche —dijo con una voz que no admitía discusión—. Voy a celebrar una soirée…

—¿Una *soirée*? —repitió Jon, sorprendido.

—Es una palabra francesa, señor —intervino Joceline—. Significa una cena ligera e informal…

—¡Ya sé lo que significa!

Joceline le hizo el saludo militar y él puso los ojos en blanco.

—Lo siento, Cammy, pero no puedo ir. Voy a cenar con Mac y Winnie.

—¡No me llames Cammy! ¡Soy tu madre!

—Y no me apetece comer mientras me bombardean la cabeza con la última moda estilística —añadió él con irritación.

—Son muchas las personas que compran revistas especializadas para estar al corriente de esos temas —dijo Joceline con más entusiasmo de la cuenta.

—¿Te importa? —le espetó Cammy—. ¡Estoy intentando hablar con mi hijo!

Joceline le hizo el saludo militar también a ella y siguió tecleando en el ordenador.

—Ven a mi despacho —murmuró Jon. Hizo entrar a su madre y cerró la puerta—. Por última vez, ¡no voy a cenar con tu nueva candidata!

—¡Es una chica encantadora!

—No quiero casarme —declaró Jon por milésima vez—. Winnie está embarazada. ¿Por qué no vas a darle la lata a ella con tus consejos maternales?

—Para eso ya tiene a su madre.

—Pues en ese caso, aconseja a Mac sobre cómo ser un buen padre.

—Nunca responde a mis llamadas ni está en la oficina cuando voy a verlo.

—Eres como una apisonadora —le dijo Jon—. No puedes dejar que nadie viva su vida sin decirles cómo hacerlo.

—Sólo intento ayudar…

—Deberías haber tenido más hijos. Sufres el síndrome del nido vacío. Estás sola y aburrida.

—¡No tienes a nadie! ¿Qué será de ti cuando yo muera?

Jon se quedó horrorizado por la pregunta.

—¿Estás pensando en morirte pronto?

—No seas tonto. Lo único que quiero es verte felizmente casado, como tu hermano.

—Si de ti dependiera, Mac nunca se habría casado con Winnie —le recordó él—. Creías que iba detrás de su dinero.

—Me equivoqué —admitió ella de mala gana—. Pero esta chica es justo lo que necesitas. Es muy extrovertida y sociable, siempre viste a la última moda y conoce a mucha gente en los ambientes más selectos.

—Yo también —le recordó Jon.

—Necesitas una familia, y nunca sales con nadie… Bueno, con aquella abogada, tal vez, pero ella sólo intentaba sonsacarte información sobre un cliente.

A Jon no le gustó nada que se lo recordase.

—Salgo cuando me apetece y con quien me apetezca.

—¡Pero nunca te apetece! —replicó Cammy—. Deberías tener hijos con los que jugar y hacer cosas mientras aún seas joven.

—¿Cómo voy a tener hijos si no estoy casado, Cammy? —preguntó él pacientemente.

—¡Precisamente por eso tienes que casarte!

—Llevo una vida muy ajetreada. Ninguna mujer soportaría mi ritmo de trabajo.

—Charlene es muy hermosa y muy tolerante con tu estilo de vida.

—No, no lo es. Me dijo que tendría que dejar los videojuegos.

—Te pasas demasiadas horas jugando a esas cosas —confirmó Cammy—. Deberías tener hijos para ocupar tu tiempo libre.

—¿No tienes nada mejor que hacer con tu vida que intentar destrozarme la mía? —le preguntó sin poder contenerse.

—No estoy intentando destrozarte la vida. Sólo quiero que seas feliz.

—¿Cómo? ¿Acosándome sin tregua para que me case?

—¿Acosarte? —Cammy gimió con frustración—. Hijo, ni siquiera tienes vida social.

—No quiero tener vida social. Me encanta mi trabajo.

—Siempre igual… ¡McKuen y tú os empeñáis en jugaros la vida con vuestros peligrosos trabajos! El pasado os ha afectado mucho.

—Y a ti también —la besó en la frente—. Sé que echas de menos a papá. Todos lo echamos de menos. Pero te estás pasando con los planes para mi futuro. Tienes que dejar que la vida siga su curso natural, sin forzar a nadie para que haga algo que no quiere hacer.

—Charlene te llegaría a gustar si le dieras una oportunidad.

—Es la mujer más obstinada que he conocido últimamente.

—Estás enfadado con ella porque te dijo que tenías que dejar los videojuegos. Y tenía razón.

—No la tenía.

—Deberías salir más. Pasas demasiado tiempo en este despacho con esa secretaria…

—Joceline es mi ayudante administrativa y la asistente jurídica más competente que podría tener. ¿Quién te crees que encontró la pista del asesinato de la hija pequeña de Mac?

Cammy frunció el ceño.

—Creía que fue McKuen.

Jon negó con la cabeza.

—Joceline encontró la información que ayudó a resolver el caso.

Cammy estaba evidentemente sorprendida, y nada complacida.

—Es una insolente.

—A mí no me lo parece.

—Y tiene un hijo sin estar casada.

—Iba a casarse, pero su novio murió cuando estaba con el Ejército en el extranjero.

—¿Eso te lo ha dicho ella?

Jon asintió.

—¿Y cómo sabes que es verdad? —le preguntó ella con una fría sonrisa—. Las mujeres cuentan toda clase de historias.

—¿Por qué te muestras tan hostil hacia ella?

Cammy no le respondió.

—Si no vienes hoy a cenar, ¿qué tal si vienes a comer mañana?

—Hay un largo trayecto hasta el rancho…

—Estoy en el apartamento de la ciudad. ¿Vendrás?

Jon quería negarse, pero no podía hacerlo. Cammy era su madre y apenas pasaba tiempo con ella.

—Supongo que sí, siempre que sólo estemos tú y yo —añadió con firmeza.

—Pues claro —respondió ella con una sonrisa—. Sólo tú y yo.

—Y ahora, si me lo permites, tengo mucho trabajo —le recordó mientras le abría la puerta.

—Te tendré preparado algo rico para comer —le prometió mientras lo abrazaba—. Este es mi chico. Hasta mañana —lo besó y le echó una gélida mirada a Joceline antes de marcharse.

—Hay trampas especiales para los tigres de Bengala —dijo Joceline—. Aunque habría que cavar un agujero en la oficina.

Jon se mordió el interior de la lengua para no sonreír.

No iba a sonreír. No iba a sonreír...

Joceline oyó un sonido ahogado al cerrarse la puerta y sonrió.

Aquella noche llevó a Markie a un restaurante con una sala de videojuegos. Como era de esperar, estaba a rebosar.

—Vamos a probar este —dijo, llena de entusiasmo, tras haberse zampado las alitas de pollo y el té helado.

—Me gusta —corroboró Markie con una amplia sonrisa.

El juego consistía en un simulador de vuelo donde había que dar caza a los aviones enemigos en una inmensa pantalla. Markie se reía, y también Joceline. Una vez al mes salían a divertirse y los dos se lo pasaban igual de bien. Apenas tenían dinero para aquellas cosas, pero Joceline no quería que Markie se privara de la clase de diversión que los demás chicos podían disfrutar. Y la verdad era que para ser un niño de cuatro años demostraba una habilidad sorprendente con los mandos del videojuego.

De pronto advirtió un movimiento tras ella y se encontró con tres personas rodeando la cabina.

—Te crees muy bueno, ¿eh? —dijo Mac Kilraven mientras introducía la tarjeta en la ranura—. Vamos a ver...

—No dejes que te gane, Joceline —dijo Winnie Sinclair, riendo junto a él en avanzado estado de gestación—. Si yo puedo con él, tú también.

—Lo dudo —se mofó Jon Blackhawk mientras se colocaba a los mandos de la consola contigua a la de Joceline.

—Creía que iba a cenar con ellos esta noche —le dijo ella.

—Y así lo hemos hecho, pero a los tres nos encantan los videojuegos y… aquí estamos.

—Si tuviéramos una casa más grande compraría algunas de estas máquinas —dijo Mac, riendo—. Sería genial para los críos.

—A tu hijo parece gustarle mucho —le comentó Jon a Joceline mientras Markie abatía otro caza enemigo.

—¡Mira! ¡Le he dado!

—Buen disparo, sí, señor —le aplaudió Jon. Le sonrió y el chico le sonrió a su vez.

—Tienes mucha práctica en la vida real, ¿no? —le preguntó Mac con un guiño.

—La verdad es que no salgo mucho —dijo Markie en un tono de adulto.

Joceline se echó a reír.

—No le permito llevar misiles antiaéreos por la calle.

—¡Nunca me dejas divertirme, mamá! —se quejó Markie con un suspiro.

—De acuerdo, si un caza enemigo se lanza en picado sobre ti, te compraré el mejor lanzacohetes que pueda encontrar —le prometió Joceline.

—Vaya… —exclamó Markie con un brillo de adoración en los ojos—. ¡Gracias, mamá!

—Lo que sea para mi hombrecito —le dijo ella con un guiño.

Intentó reprimir la inquietud que le producía tener a Markie cerca de su jefe. No quería problemas de ningún tipo, y la madre de Jon Blackhawk se pondría hecha una furia si se enterara de que su hijo estaba jugando a las máquinas con su ayudante administrativa.

Pero no tenía por qué enterarse.

Joceline y Markie abandonaron el salón recreativo una hora más tarde. Habían consumido el saldo de sus tarjetas de juego, pero Mac y Jon los habían invitado gustosamente.

—Gracias —le dijo a Jon en la puerta—. Markie se ha divertido mucho, y yo también —añadió, pero sin mirarlo a los ojos.

—No pasa por admitir que te gusta algo que también me gusta a mí —dijo él con ironía—. Casi nunca apruebas nada de lo que hago.

—Es para que no se dé aires de grandeza, ¿verdad, señor?

—¿Por qué lo llamas «señor»? —preguntó Markie.

—Es mi jefe.

—Oh… como esos hombres del ejército que llaman «señor» a sus jefes.

—Más o menos.

—¿Y te pone en aislamiento si haces algo malo? —insistió Markie.

—Jamás haría algo así —le aseguró Jon—. Y tu madre nunca hace nada malo —vaciló un instante—. Quiero decir algo realmente malo —corrigió, echándole una mirada que hablaba por sí sola.

—Las tareas serviles no forman parte de mi trabajo, señor —le recordó ella con una sonrisa.

—Hacer un café decente no tiene nada de servil.

—Eso depende de lo que entienda por «servil».

—Disparas muy bien —le dijo Markie a Jon, mirando el bulto que se adivinaba bajo la chaqueta—. Tienes una pistola.

—Así es. Trabajo para el FBI.

—Ya lo sé. Mamá siempre está hablando de ti.

—Tenemos que irnos —dijo Joceline, poniéndose colorada—. Gracias otra vez. Lo veré el lunes, señor.

—Mamá… —protestó Markie mientras ella lo sacaba por la puerta.

Mac lo había escuchado todo y miró a su hermano.

—Así que siempre está hablando de ti, ¿eh?

—Seguro que se refería a que habla de cosas relacionadas con el trabajo —dijo Jon, muy tenso—. Joceline lleva años trabajando para la agencia.

—Igual que tú.

Jon miró a su hermano mayor.

—Ella trabaja para mí. No hay más que hablar.

Mac frunció los labios, pero no dijo nada más. Se limitó a reírse y volvió a la mesa donde lo estaba esperando Winnie.

El lunes por la mañana Jon estaba de un humor de perros cuando llegó a la oficina. Joceline acababa de llegar y se estaba quitando el abrigo.

—Llegas tarde —la acusó él.

Ella señaló el reloj de la mesa. Eran las ocho en punto. Había llegado justo a su hora.

Él se encogió de hombros y entró en su despacho para ver lo que tenía en la agenda. Estaba consultándola cuando sonó el teléfono. Unos segundos después sonó el interfono.

—¿Sí?

—Es para usted, señor. Un tal señor… Harold Monroe.

Jon frunció el ceño y agarró el auricular.

—Blackhawk.

—Hey, ¿qué tal? ¿Me recuerdas? Estoy en la calle, esperando un nuevo juicio por esos cargos de tráfico de personas. Pero tengo a un abogado genial y seguro que me absuelven.

—Enhorabuena. Te enviaré unos globos.

Una pausa.

—¿Globos?

—Para celebrarlo.

—¿Para cele…? ¡Ah! Jajajaja.

—¿Querías algo más?

—No, nada más. Sólo quería que supieras que vuelvo a estar en libertad.

—Gracias.

Otra pausa.

—Cometiste un error…

—¿Ah, sí?

—Sí. Deberías tener cuidado… Mi familia se venga de todo aquel que se atreve a hacernos daño. Hasta la vista, agente Blackhawk.

Colgó, y Jon se quedó mirando unos instantes el auricular.

—¿Por qué tendrá que haber gente así? —murmuró para sí mismo.

Estaba de camino a la puerta cuando Joceline lo llamó.

—Rick Márquez quiere que se pase por su oficina. Dice que es importante.

—¿De qué se trata?

Joceline se llevó un dedo a la frente y cerró a los ojos.

—Veo montañas… árboles y pájaros volando… —abrió los ojos—. Pero como no soy una médium, no tengo ni idea.

—¿No te lo ha dicho?

—Pues parece que no —sonrió y ladeó la cabeza—. ¿Le gustaría conocer el nuevo modelo de falda que está arrasando en las pasarelas de Milán y…? Señor, ¡no es de buena educación darle la espalda a quien le está hablando! —le reprochó mientras Jon se alejaba.

—Un día de estos voy a estrangularla —le dijo Jon a Rick Márquez mientras tomaban café en la mesa el detective.

—No encontrarías a nadie como ella —lo previno Márquez con una risita—. Los asistentes jurídicos vienen y van, pero Joceline es única.

—Lo sé —admitió Jon con un suspiro—. Sin ella no conseguiría resolver ni la mitad de los casos. Es capaz de obtener la información que a mí se me escapa. No tengo ni idea de cómo lo consigue.

—A lo mejor es una médium.

—No, no lo es. Simplemente es muy buena con el teléfono y sabe cómo hacer para que la gente le confiese toda clase de secretos.

—Es una asistente jurídica. ¿Por qué no trabaja para un juez o un bufete de abogados?

—Empezó como secretaria en un bufete, pero cuando el socio mayoritario se jubiló y entraron más abogados, Joceline pasó a hacer el trabajo de tres asesores con el sueldo de uno —explicó Jon—. De esa manera acabó trabajando para nosotros. Y menos mal que Garon Grier no le hizo la vida imposible —añadió con gesto pensativo.

Márquez rompió a reír.

—¿Cómo?

—Grier estaba acostumbrado a que las secretarias le hicieran el café, pero Joceline no se dedica a esas cosas. Según ella son tareas serviles.

—Nuestras ayudantes administrativas hacen café —dijo Rick—. Café de verdad —añadió con una significativa mirada.

Jon suspiró.

—Ninguno de nosotros sabe hacer un café decente. Aunque nuestro ficus se está volviendo adicto a la cafeína.

—¿Cómo?

—Todo el mundo vacía el café en la maceta cuando nadie está mirando.

Le tocó a Márquez suspirar.

—La aventura de trabajar en una oficina federal…

—Nosotros, al menos, no tenemos que presentar una factura por unos cubitos de hielo.

Márquez puso una mueca.

—Hacía mucho calor y no funcionaba el aire acondicionado.

—Eres de México y vives en el sur de Texas. Deberás estar acostumbrado al calor.

—Sí, quién se lo hubiera imaginado, ¿verdad? —Márquez no se sentía cómodo hablando de su infancia. Nadie salvo su madre adoptiva, Barbara, conocía su historia. Y ninguno de los dos conocía toda la verdad, pero no iba a compartir lo que sabía con Jon, por mucho que apreciara y respetara al agente federal.

—No pretendía ofenderte —se disculpó Jon al ver la expresión que cruzó fugazmente los rasgos de Márquez—. El racismo también me afecta a mí. Por si no lo has notado, mis antepasados iban a la guerra con penachos y la cara pintada.

Márquez se relajó y sonrió.

—Y los míos. Uno de mis antepasados fue un comanche.

—¿En serio? Yo también tuve un antepasado comanche.

—Vaya… Qué pequeño es el mundo, ¿no?

—Mi madre es cherokee y mi padre era un lakota de pura cepa.

Márquez arqueó las cejas.

—Los cherokees son originarios del Este.

—En 1838 se les obligó a trasladarse a Oklahoma a causa de los descubrimientos de oro en sus tierras de origen. A este traslado forzoso, se le llamó el Sendero de las Lágrimas. Un antepasado mío decía que nunca podríamos coexistir con una cultura tan materialista, ya que nosotros lo compartíamos todo mientras que los conquistadores lo querían todo.

—Interesante… —Márquez dejó su taza de café y su expresión se tornó adusta—. Harold Monroe ha estado hablando sobre las represalias que sufrirá uno de mis informantes. Y al igual que su familia tiene fama de ser muy vengativo. Lo han acusado de extorsión, estafa, juego y prostitución, pero nunca ha pasado mucho tiempo entre rejas. Uno de los fiscales de un caso en el que se juzgaba a su tío por asesinato murió en extrañas circunstancias, junto al único testigo, y él quedó en libertad. Nunca se ha podido demostrar nada. Tú tuviste encerrado varios meses a Monroe mientras su abogado intentaba que se le retiraran los cargos.

—Debería declararse culpable por prostituir a niñas pequeñas.

—Él no lo ve así. Dijo que la chica se estaba muriendo de hambre y que quiso ayudarla a tener una vida mejor. Así de simple.

—Sí, ya vi el resultado de esa «vida mejor» —dijo Jon—. Pueden retirar los cargos, pero sigo contando con la declaración de los testigos. Uno de ellos es el hombre que vendió a su hija a Monroe.

—Ese es el problema. El testigo dice que no va a testificar en un juicio y ha retirado su declaración.

—No pasa nada —replicó Jon—. Sé dónde podemos encontrar a tres testigos más de la misma familia. Dos de ellos están dispuestos a testificar, a pesar de las amenazas que puedan recibir de Monroe.

—Dame sus nombres y te ayudaremos a encontrarlos para que puedas conseguir las deposiciones, ya que Monroe fue arrestado por un delito federal. ¿Por qué los testigos no se ofrecieron a declarar antes?

—Porque el fiscal se olvidó de ellos. Teníamos la declaración del padre, pero el fiscal federal no creyó que fuese a necesitar las de la madre y una hermana —Jon sacudió la cabeza—. Espero que no les ocurra lo mismo que a aquel testigo que iba a declarar en el juicio a Jay Copper por la muerte de una joven en el caso del senador Sanders. Se cayó accidentalmente de la décima planta de un edificio.

Márquez anotó los nombres de los testigos.

—Lo hacemos lo mejor que podemos —dijo a la defensiva.

—Y nosotros, pero no te estoy criticando. Nadie puede predecir un crimen en tu ciudad, a menos que seas un médium rematadamente bueno.

—¡Ojalá lo fuera! —Márquez suspiró—. Espero que Monroe no se libre de esta.

—Con los cargos federales retirados por culpa de un tecnicismo —apretó los dientes al pronunciar la palabra—, y con nuevos cargos pendientes, es posible que la pelota acabe en tu tejado. Aún es posible cazarlo por tráfico de personas. Te ayudaremos en todo lo que podamos.

—No se librará. Te lo prometo —entornó los ojos—. Pero vigila tus espaldas.

—Estás sobrevalorando a Monroe —dijo Jon—. Es como un barril de cerveza. O mejor dicho, como dos barriles de cerveza.

—Tal vez, pero es peligroso. Ahora está acusado de trata de personas, pero ha conseguido librarse de otros muchos delitos, incluyendo robo a plena luz del día cuando era un joven delincuente. Por aquel delito sólo le cayeron unos cuantos días en un centro de menores.

—Sí, hasta ese momento no tenía antecedentes penales y consiguió mantenerse limpio, hasta que con veinticinco años volvió a ser acusado. En esa ocasión consiguió a un buen abogado, cortesía de su jefe, Hank Sanders, el hermano del senador Will Sanders. Hank era un buen tipo. Le salvó el trasero a mi hermano en el enfrentamiento con Jay Copper, justo después de que Mac y Winnie volvieran de su luna de miel.

—Y menuda luna de miel, intentando convencer a la mujer del senador Will Sanders que contase lo que sabía del asesinato de la mujer y la hija de tu hermano —dijo Márquez.

—Al final lo hizo, pero Copper ordenó el asesinato de la mujer de Mac —recordó Jon—. Dijo que el autor del crimen, el difunto Dan Jones, no recibió la orden de matar a Melly, la hija pequeña de Mac, pero yo nunca lo creí. Uno de sus matones accedió a colaborar a cambio de inmunidad y declaró que Copper le había dicho a Jones que eliminara a la mujer y a la hija. Pagará caro la muerte de Melly y de Monica. El fiscal ha pedido la pena de muerte.

—Pues espero que tenga suerte —dijo Márquez en tono irónico—, porque los jurados no suelen aplicarla.

Jon asintió.

—Una vez tuve que asistir a una pena de muerte. Al principio crees que el criminal debe morir por lo que ha hecho, pero cuando tienes que votar para que se cumpla la sentencia y te das cuenta de que estás ordenando la muerte de un hombre… eso ya es otra historia.

—Por algo tenemos conciencia —afirmó Márquez—. Es una decisión muy difícil de tomar para cualquier ser humano —observó fijamente a Jon—. Pero eres tú quien me preocupa. Monroe puede ser un idiota, pero tiene a su tío, Jay Copper, que está metido hasta el cuello en la mafia, y a un cuñado, Bart Hancock, que lleva años entrando y saliendo de prisión. Hancock se libró de que lo acusaran junto a Jay Copper porque la cinta que Winnie consiguió con las declaraciones de Copper desapareció misteriosamente. Ha estado implicado en dos tramas de asesinato y siempre se asegura de no dejar testigos.

—Ahora que recuerdo, Joceline consiguió una información supuestamente clasificada sobre Hancock. No me preguntes cómo —levantó una mano—. Joceline tiene sus fuentes. En cualquier caso, Hancock estuvo con las fuerzas especiales en Iraq durante la invasión de 2003.

—Sí. Estuvo trabajando con una empresa privada y se vio salpicado por el escándalo sobre las víctimas civiles, pero tenía un amigo en la empresa que consiguió limpiar su historial —suspiró hondamente—. Dicen que mataba a niños y que disfrutaba haciéndolo.

Jon apretó la mandíbula.

—Todo un angelito.

Su mente trabajaba a toda prisa. Dan Jones, el fallecido que estuvo implicado en el asesinato de Melly, era un misterio. Jon siempre había dudado de que fuera a confesar su crimen. No le parecía el clásico infanticida. Pero el sobrino de Jay Copper conocía personalmente a Jones, y el otro cómplice que estuvo presente en el crimen nunca pudo ser localizado. ¿Y si...?

—Te has acordado de algo, ¿verdad? —le preguntó Márquez al ver su expresión.

Jon asintió.

—Había dos hombres en casa de Mac aquella noche, pero sólo identificamos a uno. En la cinta se escucha a Jay Copper hablando de su sobrino, Peppy, que ayudó a Dan Jones a matar a Monica. Dijo que la niña se puso en medio. Peppy fue interrogado, pero de repente se sacó de la manga una coartada para esa noche. Y luego, la cinta en la que Jay Copper incriminaba directamente a Peppy desapareció de la sala de pruebas.

—Lo había olvidado —Márquez abrió un archivo en su ordenador y leyó con sus oscuros ojos entornados lo que aparecía en la pantalla—. Peppy. Su nombre completo es Bartholomew Richard Hancock. Cuñado de Harold Monroe, lo que convierte a Monroe en sobrino político de Jay Copper.

Ya sabes la reputación de Copper por vengarse de cualquiera que ataque a su familia —miró a Jon, cuya cara era una mueca de perplejidad—. No habías establecido la relación, ¿verdad?

Fue cuatro meses atrás, cuando todos los sospechosos de la muerte de Dan Jones y de la familia Kilraven fueron identificados. Sólo el senador Will Sanders y Jay Copper fueron arrestados y encarcelados a la espera del juicio. Pero Peppy quedó en libertad gracias a un astuto abogado y al robo de la cinta con las grabaciones, a la que, por culpa de un lapsus desafortunado, no se le hicieron copias ni transcripciones. Jay Copper negó haber implicado a Peppy, y el hecho de que Kilraven y Winnie estuviesen íntimamente emparentados contribuyó a que su testimonio no fuese tenido en cuenta. Pat Sanders dio marcha atrás en su declaración, a pesar de los esfuerzos de Hank Sanders, el hermano del senador, por convencerla para que la repitiera.

Una semana después de que Peppy Hancock fuese puesto en libertad, Jon detuvo a Harold Monroe por tráfico de personas. Jon y Joceline habían trabajado sin descanso en busca de las pruebas que lo vincularan con la trata de blancas, pero Jon nunca había establecido la relación que Márquez acababa de exponerle.

—De modo que Harold Monroe puede ser un idiota, pero Hancock no lo es —dijo Márquez—. Así que vigila bien tus espaldas. Cualquiera cercano a ti puede estar en su objetivo, pero especialmente Joceline, ya que te ayudó a conseguir las pruebas. Jay lo sabe. Tiene a alguien en la policía que le pasa la información. Aún no hemos podido averiguar de quién se trata.

Jon suspiró.

—¿Por qué tiene que ser la vida tan complicada?

—Estamos en una comisaría. Si quieres respuestas a cuestiones filosóficas, ve a un psicólogo.

—Muchas gracias.

—No hay de qué —respondió Márquez con una sonrisa—. ¿Más café?

Saber que Peppy, alias Bart Hancock, estaba implicado en el asesinato de la hija de Mac era como llevar una carga de dinamita. No sabía si debería decírselo a su hermano, al menos hasta que pudiera investigarlo más a fondo. Si Márquez tenía razón, y casi siempre la tenía, el crimen de la esposa y la hija de Mac aún no estaba resuelto del todo. Mac estaba convencido de que Jay Copper sería llevado ante la justicia para pagar por la muerte de su hija, pero si Peppy había ayudado al difunto Dan Jones a cometer el asesinato, siendo además el cuñado de Harold Monroe… la amenaza que Jon había desestimado adquiría de pronto un matiz peligrosamente real, y no sólo para sí mismo.

Volvió a su oficina y se dejó caer pesadamente en la silla. Joceline lo llamó por el interfono, pero ni siquiera lo oyó. Sentía náuseas en el estómago y la cabeza le daba vueltas.

Joceline asomó la cabeza por la puerta y frunció el ceño al ver su expresión.

—¿Ocurre algo?

Él asintió y la miró con sus ojos negros y brillantes.

—Entra y cierra la puerta. ¿Tengo algún asunto pendiente?

—No —Joceline cerró la puerta y se sentó en la silla de respaldo alto frente a la mesa. Su diseño era deliberadamente incómodo para que nadie se quedara más tiempo del necesario en el despacho.

Pero Joceline no sólo estaba incómoda por la silla. ¿Se disponía su jefe a despedirla? Últimamente estaba hecha un manojo de nervios. Tenía una reunión pendiente con la profesora de Markie y la dueña de la guardería para hablar del comportamiento de su hijo. Iban a recomendarle que le suministrase la medicación apropiada, sin duda. Y ella no tenía dinero ni posibilidad de cambiar a su hijo de escuela. Estaba en la cuerda floja, y no le gustaba nada.

—¿Va a despedirme por recortes en el presupuesto? —le preguntó directamente.

Jon se fijó en su expresión de angustia. Joceline era una madre soltera que sobrevivía con lo básico. Tal vez tuviese grandes perspectivas, pero le costaría tiempo y esfuerzo encontrar otro trabajo.

—Claro que no.

Ella se relajó un poco y esbozó una temblorosa sonrisa.

—Lo siento.

—Los recortes en el presupuesto afectan a los viajes, no al personal. Al menos de momento. Todos estamos preocupados por lo que pueda pasar, pero hasta que no inventen unos robots a los que no les importe trabajar a destajo sin cobrar, creo que podemos estar tranquilos… Necesito hablar con alguien, eso es todo.

—Tiene a su hermano —dijo ella—. Y creo que tenemos a un psicólogo en…

—No me refiero a esa clase de charla —la interrumpió él—. No hablo de mis temas personales con nadie, salvo con mi familia.

—Por supuesto, señor —aceptó ella con su sonrisa más inexpresiva.

Jon odiaba aquella maldita sonrisa.

—Se trata del asesinado de la mujer y la hija de Mac.

—Jay Copper lo ordenó y ha sido procesado por ello.

—Hay un pequeño contratiempo.

—¿Señor?

Jon se recostó en el asiento con una mueca.

—Copper tiene un sobrino que seguramente participó junto a Dan Jones en el crimen —le contó también que Copper había admitido que ayudó a Peppy a matar a Dan Jones por su deslealtad, pero que resultaba imposible demostrarlo sin la cinta con las grabaciones.

—No me sorprende —dijo ella—. Sus parientes son un

atajo de imbéciles. Casi todos ellos las están pasando canutas.

—Bart Hancock no. Y es el cuñado de Harold Monroe.

Joceline se quedó completamente rígida en la silla. Aquel hombre había amenazado a su jefe, pero nunca lo había relacionado con el caso Kilraven.

—Bart Hancock…

—Es el sobrino de Jay Copper. Se hace llamar Peppy.

—Dios mío… —murmuró ella con un escalofrío al establecer la relación. Aquel nombre hacía que la amenaza de Monroe a Jon Blackhawk adquiriese otro significado. Si Peppy había sido capaz de matar a una niña, ¿qué no estaría dispuesto a hacerle a su jefe?

—No puedo hablar con Mac de esto. Se volvería loco —le dijo él—. Y Winnie está a punto de dar a luz…

—¿Qué va a hacer?

—No lo sé. Lo único que podemos hacer es encontrar a alguien, a quien sea que esté vinculado al caso y que esté dispuesto a declarar contra él. Pero casi todos los testigos están muertos, incluidos Dan Jones y su novia.

—El pastor de su novia habló con Dan Jones —recordó ella.

—Sí, pero no pudieron hablar confidencialmente, por lo que el pastor no sabe nada. Seguramente por eso sigue vivo.

Joceline se sentía cada vez más incómoda.

—Harold Monroe quiere vengarse por haber sido arrestado.

Jon asintió.

—Es un completo inútil.

—Pero ha conseguido librarse de la cárcel hasta que lo detuvieron por secuestro.

—Sólo gracias a Jay Copper, que es un maestro de la intimidación —respondió él—. Pero Copper está en prisión, esperando el juicio, y desde su celda no puede hacer gran cosa… Salvo contratar a alguien para que lo haga por él.

—Su hermano tiene un amigo en la policía secreta que protegió a la madre de Winnie Sinclair mientras se investigaban los crímenes —le recordó ella—. A lo mejor podría protegerlo a usted.

—Soy agente del FBI —replicó él—. ¡No necesito un guardaespaldas!

Ella levantó las dos manos.

—No se ofenda, pero no puede estar siempre cubriéndose las espaldas.

—Claro que puedo.

—La kriptonita puede aparecer en los lugares más insospechados, Supermán —le dijo ella con un marcado sarcasmo en la voz.

—No te he hecho venir para que me insultes.

—Quería consejo y aquí lo tiene. No le diga nada a su hermano hasta que encuentre a un testigo que sepa lo que hizo Bart Hancock… si es que realmente estuvo implicado en el asesinato de la familia Kilraven.

Jon volvió a recostarse en su asiento. Era un viejo sillón de cuero, muy cómodo. A Joceline le parecía curioso que un hombre tan austero y espartano como su jefe tuviese un asiento tan confortable en su despacho mientras que las visitas tenían que conformarse con las incómodas sillas de respaldo alto. Pero Jon Blackhawk era una contradicción en sí mismo.

—Supongo que tienes razón —repuso él, aunque la tarea iba a ser mucho más difícil de lo que parecía. Poca gente estaría dispuesta a arriesgar su vida para testificar contra un infanticida. Todo el mundo sabía lo que les pasaba a quienes iban a prisión por ese tipo de crímenes. Los asesinos de niños no suscitaban muchas simpatías entre los demás reclusos.

—Podría pedir ayuda a Rick Márquez y Gail Sinclair —sugirió ella. Márquez y Sinclair eran los mejores detectives de homicidios de la policía de San Antonio—. Los dos están familiarizados con el caso y podrían dar con algún testigo en el que no hubiera pensado siquiera.

Jon se animó un poco.

—Es una buena idea —admitió él.

—Claro que lo es —dijo ella con una sonrisa, ganándose una mirada ceñuda de su jefe.

—No hay por qué presumir.

—Pero, señor, tengo razones de sobra para presumir —arguyó Joceline con un brillo de picardía en sus ojos azules—. ¿Quiere saber qué se llevará en la temporada estival de este año? ¿Y la última moda que nos llega de París?

La irritación de Jon crecía por segundos.

—Cuando quiera saber esas cosas, llamaré a Cammy y le pediré que me envié a su candidata para que me informe.

Joceline lo miró con ojos muy abiertos.

—Puedo llamarla ahora mismo, si quiere.

—Hazlo y hoy mismo tendrás que buscarte otro trabajo.

Ella se encogió de hombros.

—De acuerdo, pero no sabe lo que se está perdiendo. Todas esas gamas de color, los cambios en el largo de las faldas…

—¡Largo! —exclamó él, levantándose y señalando la puerta.

Ella se levantó obedientemente.

—¡Qué desagradecido…!

Jon rodeó la mesa y se detuvo a escasa distancia de ella, alto e imponente.

—Puede que tengamos nuestras diferencias, Joceline —le dijo en voz baja—. Pero eres una fuente de sabiduría y una inestimable ayuda en esta oficina.

Joceline se puso colorada.

—Gracias.

Jon la miró fijamente a los ojos y de repente sintió la tensión que chisporroteaba entre ellos.

A Joceline le dio un vuelco el corazón ante la intensidad

de su mirada. No podía apartar la vista de sus ojos, y un inmenso deleite brotó en su interior como una ola de emoción desbordada.

Jon entornó los ojos y apretó la mandíbula al sentir el mismo arrebato de placer.

—Tienes los ojos del tono de azul más extraño que he visto nunca… —observó en voz baja y sensual—. Un azul casi regio.

—Los suyos son negros —respondió ella.

—Sí —levantó la mano y le tocó la mejilla, ardiente y colorada—. Esto es muy peligroso —dijo en un tono profundo y aterciopelado—. Podría tomarlo como una invitación…

—Y yo podría responderle que es usted quien corre peligro —replicó ella al tiempo que daba un paso atrás. Tenía muy buenas razones para guardar las distancias—. Mi legión de admiradores caería sobre usted como las moscas sobre la miel y lo harían pedazos. Y además está ese guapísimo actor de cine que me llama tres veces al día y… ¡Ahí está, es él otra vez! —exclamó, y salió rápidamente del despacho para responder al teléfono que sonaba en su mesa.

Jon seguía riéndose cuando cerró la puerta.

Había escapado por poco, pero las rodillas le siguieron temblando durante todo el día cada vez que miraba a su apuesto jefe. No se atrevía mirarlo a los ojos porque temía que Jon tuviese razón al insinuar que lo estaba tentando.

Aunque por otro lado… era él quien le había tocado la mejilla y quien se había acercado peligrosamente. Era la segunda vez en todos los años que habían trabajado juntos que se acercaba a ella de un modo tan íntimo. Aunque en realidad no tenía nada de íntimo. Y Joceline deseaba con todas sus fuerzas que Jon no se acordara de la primera vez.

Una hora después, mientras seguía soñando despierta con

su jefe al tiempo que introducía unos datos en el ordenador, Phyllis Hicks fue a hacerle una pregunta a su mesa.

—Estos formularios son un tostón —se quejó—. Mi padre trabaja en el departamento de homicidios de la policía de San Antonio y a veces puedo ver las fotos de la escena del crimen —sus ojos relampaguearon—. ¿No te parece que el asesinato es algo tremendamente emocionante?

—¿El asesinato?

—Me refiero a la investigación de los crímenes y a la captura de los asesinos. Mi padre lo hace mejor que nadie.

—¿Quién es tu padre?

—Dave Hicks. Trabaja con Márquez —hizo una mueca de desagrado—. Márquez no me gusta nada.

Aquello sí que era una sorpresa. A casi todas las mujeres Márquez les parecía un hombre muy atractivo e interesante.

—Mi padre es muy especial. No piensa como los demás y no le tiene miedo a nada —se rio—. Me deja hacer cosas con él. Es muy emocionante y… —se interrumpió bruscamente y le dedicó a Joceline una radiante sonrisa—. Lo siento. Quería preguntarte una cosa sobre este formulario. ¿Tengo que rellenar todos los espacios en blanco?

Joceline le explicó cómo hacerlo y Phyllis volvió a sus tareas, pero Joceline se quedó invadida por una extraña e incómoda sensación. ¿Era normal disfrutar con las fotos de un crimen? Sólo de pensarlo se ponía enferma. Una vez se puso a vomitar al ver una foto del cadáver de una joven que había amenazado al senador Will Sanders. La mujer había sido salvajemente asesinada y se acusó a Jay Copper del crimen. ¿Cómo era posible que a Phyllis le provocasen morbo esas cosas?

Había gustos para todo, pensó. Recordó a una famosa forense, Alice Mayfield Jones Fowler, que hacía su trabajo sin que nada de lo que viera la afectase. Aunque tampoco Alice encontraba excitante la escena de un crimen.

—Nunca encajaré en esta sociedad moderna —murmuró para sí. No entendía la fascinación que en la gente ejercía la muerte, los zombies o los vampiros.

O quizá sí, ya que también a ella le encantaba la famosa trilogía cinematográfica sobre los vampiros. Tal vez Phyllis sólo estaba exagerando. Al fin y al cabo trabajaba en una oficina que se ocupaba de crímenes y muertes violentas, por lo que quizá le parecía normal sentir emoción por las labores detectivescas.

Joceline meneó la cabeza y volvió al trabajo.

Al final de la jornada agarró el bolso, dio las buenas noches a través de la puerta cerrada y salió rápidamente del edificio. Había tenido suficiente aquel día, sobre todo con las extrañas preguntas de Phyllis.

Incluso la preocupante cita que tenía al día siguiente con el director de la escuela y la profesora de Markie le resultaba menos inquietante que el extraño comportamiento de su jefe. Ella guardaba oscuros secretos y no tenía la menor intención de desvelárselos a nadie, y mucho menos a Jon Blackhawk.

El director de la escuela, el señor Morrison, y la profesora de Markie, la señorita Rawles, fueron muy amables y comprensivos al hablar de las travesuras de Markie. Pero ambos acordaron que el niño necesitaba medicarse para impedir que distrajera a los otros alumnos.

Joceline se limitó a mirarlos sin dar su parecer.

—Nos gustaría garantizarle que el asunto tiene fácil solución —dijo amablemente el señor Morrison—. Su pediatra puede administrarle a Markie la medicación necesaria para controlar sus arrebatos.

Joceline sonrió inexpresivamente.

—En otras palabras, ¿me están pidiendo que vaya a mi médico y le pida que drogue a mi hijo de cuatro años?

El director y la profesora la miraron con horror e indignación, y Joceline se levantó sin perder la sonrisa.

—Hablaré con mi hijo y también con mi médico. Lamento decirles que no tenemos dinero para un pediatra. Las visitas de Markie al hospital son muy caras, y además tenemos que pagar a un alergólogo. Lo máximo que podemos permitirnos es un médico de cabecera.

Sus interlocutores se habían quedado sin habla.

—No obstante, hablaré con él sobre la necesidad de que

Markie se convierta en un drogodependiente.Y si mi médico está de acuerdo con ustedes… me buscaré a otro médico de cabecera —añadió dulcemente.

—Eh…. señora… señorita Perry… —balbuceó el señor Morrison.

—Creo que el término políticamente correcto es «señorita» —lo ayudó ella.

—Lo único que creemos es que Markie, siendo tan pequeño, necesita ayuda para su falta de atención…

—Por supuesto, señor. Hay que asegurarse de que todos los niños obedezcan las órdenes sin rechistar para que sus profesores no tengan que enfrentarse a los problemas de comportamiento.

—¡Señorita Perry!

—En nuestra defensa debo decir que tenemos a treinta y cinco alumnos en nuestra clase —dijo la señorita Rawles en tono más amable—. Lo hacemos lo mejor que podemos y nos preocupamos por todos y cada uno de ellos. Pero es difícil impartir clase cuando algunos niños no pueden prestar atención. Markie es muy revoltoso. Nunca puede estarse quieto, siempre está hablando y armando alboroto y…

—¿Tiene usted hijos, señorita Rawles?

—No estoy casada, y jamás se me ocurriría privar de un padre a un hijo mío —protestó la otra mujer, pero enseguida se mordió el labio y se puso colorada.

Joceline se limitó a sonreír y no respondió al comentario.

El director carraspeó, claramente incómodo.

—Estoy seguro de que sea cual la sea la decisión a la que llegue con su médico será lo mejor para todos.

—Así es —corroboró la señorita Rawles, avergonzada—. Siento mucho haber dicho eso…

—La verdad es que tanto Markie como yo la tenemos en gran estima, señorita Rawles —la interrumpió Joceline, más calmada, poniéndose en el lugar de la profesora—. No se preocupe.

Me han dicho cosas mucho peores. El padre de Markie era un buen hombre, pero en una ocasión bebimos más de la cuenta y cometimos una locura impropia de cualquiera de nosotros. Por desgracia, lo destinaron al extranjero y desapareció en combate antes de que pudiéramos casarnos —añadió con la seguridad adquirida tras años contando la misma mentira.

El director y la profesora adoptaron una expresión arrepentida.

—Una tragedia —dijo la señorita Rawles—. El mundo evoluciona muy rápidamente, y a veces nos cuesta asimilar los cambios.

—Voy a misa todos los domingos y llevo a Markie conmigo —les dijo Joceline con una serena sonrisa—. Todo el mundo comete errores, algunos peores que otros. Pero quiero mucho a mi hijo, y me siento afortunada de tenerlo.

—Es un chico muy listo.

—Por eso es hiperactivo y siente curiosidad por todo —explicó Joceline—. Lo he consultado con nuestro médico y está buscando las medicinas apropiadas, pero opina que en el caso de Markie tal vez la disciplina fuese una solución mejor que las drogas. Eso no significa pegarle con una vara cada vez que se distraiga —añadió rápidamente—. Según mi médico, a los niños hiperactivos hay que someterlos a una severa rutina y limitar el número de juguetes para evitar la sobreestimulación. Se han realizado muchos estudios sobre esta cuestión, pero preferiría empezar por las medidas menos drásticas. Si no da resultado, tendría que considerar las otras opciones. El compromiso… —añadió con una sonrisa— es el pilar de nuestra civilización.

—Así es —afirmó el señor Morrison, poniéndose en pie. Parecía ligeramente más relajado.

La señorita Rawles también se levantó y sonrió.

—Le pido disculpas una vez más por mis comentarios.

—No se preocupe —repitió Joceline—. ¿Me avisarán si la situación no mejora?

La profesora asintió.

—Por supuesto. Y gracias por venir a hablar con nosotros. Ya sé que su trabajo le exige mucho tiempo y dedicación.

—¿Su trabajo? —preguntó el señor Morrison con curiosidad.

—Trabaja para el FBI —le explicó la señorita Rawles, sonriente.

—¡Santo Cielo! —exclamó él—. No tenía ni idea.

—No soy una agente federal —aclaró Joceline—. Sólo me ocupo del papeleo para que los criminales reciban su justo castigo y de mantener engrasada la maquinaria judicial.

—¡Qué interesante! —dijo el señor Morrison, riendo—. En noviembre celebramos una jornada de orientación profesional. A lo mejor le gustaría venir a dar una charla sobre su trabajo.

—Me encantaría, pero mi jefe es muy estricto y no creo que le haga gracia.

—No queremos que tenga problemas con él —respondió el director—. Pero piense en ello.

—Lo haré. Gracias a los dos por ser tan comprensivos.

—Tengo dos hijas que están en el instituto —le confesó el señor Morrison—. Y sé los problemas que pueden dar —se quedó callado un momento—. Una de mis hijas tomaba Ritalin para el trastorno por déficit de atención.

Joceline quiso preguntarle por los resultados, pero algo en la expresión del director la detuvo. Volvió a darles las gracias y se despidió, antes de ir a recoger a Markie a la guardería.

Al día siguiente le comentó a Jon lo que le había dicho el director de la escuela.

—Morrison... Sí, el director del colegio. Una historia muy triste.

—¿Señor?

—Su hija mayor está acabando el instituto. Fue arrestada por posesión de drogas y condenada por intentar distribuirlas, pero quedó en libertad condicional al no tener antecedentes. Su madre murió de sobredosis.

Joceline estaba horrorizada.

—Recuerda que yo no te he contado nada de esto —le advirtió él—. No hablamos de los casos que nos traen otros departamentos, en este caso, la policía de San Antonio.

—Sí, señor.

Jon ladeó la cabeza.

—Empezó a tomar drogas en el instituto por un trastorno de déficit de atención.

—Esa habría sido mi próxima pregunta, hasta que me dijo que era un asunto confidencial —dijo ella en tono recatado—. Querían que le pidiera a mi médico que empezase a drogar a Markie y… —levantó la mirada e hizo una mueca—. Lo siento, señor. Lo que he dicho estaba fuera de lugar. Los asuntos personales no pueden mezclarse con el trabajo.

Él la miró fijamente con sus ojos negros.

—¿Vas a hacerlo?

Joceline cambió el peso de un pie a otro, sin responder. Él se acercó hasta hacerle sentir el calor de su cuerpo y el olor de su colonia. Volvió a mirarlo y el corazón le dio un vuelco.

—¿Vas a hacerlo? —le repitió en un tono más suave.

Ella tragó saliva.

—Les he dicho que hablaría con mi médico de cabecera sobre la conveniencia de emplear drogas con Markie, y que si él se mostraba de acuerdo, me buscaría otro médico. Pero no lo dije en serio. Quiero hacer lo que sea mejor para Markie.

A Jon se le escapó una risita.

—Algo me dice que les dijiste algo más.

Los ojos azules de Joceline brillaron con malicia.

—Bueno, la profesora de Markie hizo un comentario que me dolió bastante, y aunque conseguí mantener la compostura mi cara lo refleja todo…

Jon sacudió la cabeza.

—Señorita Perry… eres todo un anacronismo.

—¿Señor?

—Me encantaría tener tiempo para explicártelo —miró el reloj—, pero llego tarde a una reunión.

—Y yo tengo trabajo que hacer.

Jon hizo un mohín con los labios.

—Para algunas personas hacer café es un trabajo.

Ella le dedicó la misma sonrisa de siempre.

—Para algunas personas un tomate es una fruta.

—Un tomate es una fruta.

Joceline hizo una mueca y volvió a su mesa.

Markie quería jugar a su videojuego favorito y empezó a protestar cuando su madre se puso a hablarle de su mal comportamiento en clase y su incapacidad para quedarse quieto y callado.

—No le gusto a nadie —murmuró.

—Eso no es verdad, pero cuando no te quedas sentado en tu mesa, le das muchos problemas a tu profesora. No eres el único alumno que tiene.

Markie suspiró.

—Me aburro mucho en clase. Ya sé todo lo que me enseñan. Pero soy más pequeño que los otros niños y se ríen de mí cuando no puedo correr como ellos porque me ahogo.

Joceline se estremeció de dolor, pero sabía por propia experiencia que abusones había a cualquier edad. A menos que el acoso alcanzara un nivel preocupante, era mejor que Markie se las arreglara por sí solo. Y lo hacía. En una ocasión, un chico mayor intentó robarle el dinero y Markie se puso a gritar a pleno pulmón hasta que acudió la encargada. Recibió una severa reprimenda, pero el abusón también y nunca más volvió a intentar robarle el dinero a nadie. Para ser un niño pequeño y enfermizo, Markie tenía un espíritu indomable. No le tenía miedo a nada, pensó Joceline con orgullo.

—¿Por qué sonríes? —le preguntó él.

—Porque me siento muy orgullosa de ti. Y tú padre también estaría orgulloso por lo bien que te las arreglas tú solo cuando la gente se mete contigo.

—Mi padre era muy valiente, ¿verdad?

—Mucho.

—¿No tenemos fotos de él?

La pregunta era inevitable, y cuanto más tiempo pasara, más difícil sería responderla.

—No, no tenemos —le contestó con toda sinceridad—. Lo siento mucho, Markie.

—¿Se parecía a mí?

Joceline lo observó con una triste sonrisa.

—Un poco —le dijo, intentando ocultar su alivio.

—Los otros niños tienen papás que los llevan a muchos sitios. Me gustaría conocer al mío.

Ella lo levantó para abrazarlo con fuerza.

—A mí también me gustaría que lo conocieras.

—A ti te gusta tu jefe, ¿verdad? —le preguntó cuando Joceline volvió a dejarlo en el suelo.

—Es muy simpático —respondió ella, poniéndose colorada.

—Le gustan los videojuegos, como a nosotros.

—A su hermano también le gustan.

—Tú no juegas mucho —lo acusó él.

Ella se inclinó para besarlo en la frente.

—Tengo mucho que hacer en casa. Las madres estamos siempre muy ocupadas. Pero juego contigo los fines de semana, ¿no?

—Sí —Markie le sonrió—. Y siempre te gano.

—Siempre, siempre —afirmó ella, riendo.

—A lo mejor te dejo ganar la próxima vez —dijo él con expresión pensativa.

—¿En serio?

Markie se dispuso a responder, pero en ese momento empezó a sonar el teléfono. Joceline levantó el auricular, todavía riéndose por las ocurrencias de su hijo.

—¿Diga?

Hubo un largo silencio.

—¿Diga?

—Tu jefe será el primero… —respondió una voz áspera y desagradable—. Y luego serás tú.

—¿Qué? —gritó Joceline, pero la otra persona ya había colgado.

Intentó convencerse de que era un error, que se habían equivocado de número. Pero el escalofrío que le recorrió las venas le confirmaba que la amenaza iba dirigida a ella.

—¿Quién era, mamá?

—Una persona que se ha equivocado de número, cariño —le dijo ella con una sonrisa forzada—. Tengo que preparar tu ropa para el colegio. Estaré en el cuarto de la lavadora.

—Vale —dijo él distraídamente, absorto en su videojuego.

Joceline cerró la puerta del cuarto de la lavadora y se apoyó en la pared con los ojos cerrados. No recordaba haber estado nunca tan asustada.

Estuvo a punto de llamar a su jefe y contárselo, pero ya lo había implicado demasiado en su vida personal. No era buena idea llevar los problemas domésticos al trabajo. Joceline no quería poner en riesgo su empleo ni el de su jefe, y tampoco quería que Jon se acercara a Markie.

Por otro lado, tenía un presentimiento sobre la identidad de la persona que la había llamado. La voz sonaba más grave que la de Harold Monroe, a quien sólo había oído en una ocasión, cuando llamó a su jefe para decirle que había salido de la cárcel. Pero era muy probable que Monroe intentara camuflar su voz.

De modo que, después de recordarle a su jefe la agenda del día y advertir que aún tenía diez minutos antes de presentarse a declarar en un juzgado, entró en su despacho y cerró la puerta.

Jon la miró sorprendido.

—Lo siento, pero anoche recibí una llamada en casa, y aunque no puedo jurarlo, estoy casi segura de que era Harold Monroe.

Jon se irguió en la silla y entornó sus ojos negros.

—¿Qué fue lo que dijo?

—Que usted sería el primero y yo, la siguiente.

La expresión de Jon permaneció inescrutable.

—¿Tienes contestador automático?

Joceline asintió vigorosamente.

—Sí, señor, y un aparato de radio aficionado, y un televisor de plasma, y un par de descapotables…

—Señorita Perry —la cortó él.

—Lo siento, señor. No volverá a pasar —hizo la señal de la cruz sobre el pecho.

Jon sacudió la cabeza.

—Este asunto no es para tomárselo a broma.

—Ya lo sé, señor. Simplemente, no tengo dinero para esos aparatos.

—Debería habérmelo imaginado.

Lógico, pensó ella. Si los rumores eran ciertos, tanto él como su hermano nadaban en la abundancia. Jon Blackhawk podría entrar en cualquier tienda de electrónica y adquirir los artículos más caros sin importarle el precio. Ella, en cambio, contaba con un presupuesto mucho más ajustado.

—Vives en un apartamento sin protección —dijo él, pensando en voz alta.

—Tenemos cerrojos y un teléfono.

—Los cerrojos sólo sirven para impedir que entre la gente honesta, nada más.

Joceline juntó las manos en el regazo.

—En todos los años que llevo trabajando aquí he oído

muchas amenazas de todo tipo, y hasta donde yo sé ni una sola llegó a perpetrarse.

—Pues yo sí sé de algunas. No voy a correr ningún riesgo con tu vida ni con la de tu hijo.

—Estaba pensando en usted —repuso ella—. Monroe tiene buenos motivos para querer hacerle daño.

Jon arqueó las cejas.

—¿Te estás preocupando por mí, señorita Perry? —le preguntó en tono burlón.

—Sí, señor —respondió ella con calma—. Es muy difícil entrenar a un jefe para que no espere que su ayudante le lleve el café —añadió con un brillo malicioso en sus ojos azules—. No me seduce la idea de tener a un superior nuevo.

Jon se rio.

—*Touché* —miró su reloj y se puso en pie—. Hablaré con algunas personas y veré qué se puede hacer para asignarte protección después del trabajo.

—Seguro que el presupuesto nos alcanza para un chico de diez años con gabardina y pistola de juguete.

—Mi hermano tiene muchos contactos y seguro que al menos uno de ellos le debe un favor. Estoy pensando en Rourke.

—No —rechazó ella de inmediato—. De ninguna manera. No quiero tener a ese lunático tuerto cerca de mí.

Jon arqueó las cejas.

—Es muy bueno como guardaespaldas.

Joceline apretó visiblemente la mandíbula.

—¿Qué problema tienes con él? —le preguntó Jon.

—Dijo que habría que amordazarme y encerrarme en un armario.

Jon tuvo que ahogar una carcajada.

—¿Y puedo preguntar qué lo llevó a hacer ese comentario?

Joceline evitó mirarlo a los ojos.

—Se estaba riendo de mis zapatos.

Jon bajó la mirada a sus pies. Llevaba las zapatillas de bailarina de siempre. No eran lo más recomendable para el arco del pie, pero sí muy cómodas y económicas.

—No todos podemos permitirnos unos Neiman Marcus, ni siquiera con un buen salario del gobierno —se defendió ella.

—A Rourke le gusta hacerse el gracioso, ya lo sabes.

—Pues como vuelva a hacerme un comentario semejante, se le quitarán las ganas de hacer el payaso para siempre —advirtió ella con voz cortante.

—Veré si alguien más le debe un favor a Mac.

—El hombre que me amenazó parecía Harold Monroe, pero no estoy segura. Posiblemente sólo intentaba asustarme. Y sabía que se lo contaría a usted —dudó un momento—. Debería buscarse un guardaespaldas usted también, señor. Monroe tal vez sea un inútil, pero no todo el mundo en su familia lo es.

—Ya lo sé.

—No se ofenda —añadió rápidamente ella—. La gente del FBI siempre se cree la mejor, y normalmente así es. Pero no me gustan los funerales.

—Ni trabajar para un nuevo jefe.

—Exacto.

—Intentaré sobrevivir a toda costa —echó a andar hacia la puerta—. Si mi hermano llama, dile que quiero hablar con él. Volveré a las dos.

—Lo sé, señor —dijo ella—. Lo he anotado en su agenda.

Jon apretó la mandíbula.

—¿No llegará tarde al juzgado? —le preguntó Joceline—. Hoy preside la sala el juez Cummings, y no le gusta nada el FBI —esbozó una sonrisa angelical—. Sea muy amable, señor.

Jon masculló algo en voz baja.

—¡Señor! —exclamó ella—. ¡Estamos en una oficina federal y no se puede...!

Jon salió por la puerta antes de que pudiera terminar la frase.

Betty Rhimes siempre disfrutaba mucho con los ataques verbales de Joceline a su jefe.

—Podría ponerte de patitas en la calle —le advirtió.

—No se atreverá —dijo Joceline, muy segura de sí misma—. Hay muy pocos asistentes jurídicos trabajando fuera del sistema judicial. ¿Dónde encontraría a alguien para sustituirme?

—Tenemos una ayudante administrativa a media jornada —le recordó Betty—.Y Phyllis Hicks se ha ofrecido a hacerle el café al jefe.

—Yo no desempeño esas labores —volvió a repetir Joceline—. No forma parte de mi trabajo.

Betty le dio un sorbo a su café.

—Pero esa chica estaría dispuesta a trabajar lo mismo que tú cobrando la mitad de sueldo. Los recortes nos pueden afectar a todos... Mucha gente se ha quedado sin empleo.

Joceline intentó disimular su inquietud con una sonrisa.

—El señor Blackhawk está acostumbrado a mí y no le gustan los desconocidos.

—Es cierto. Pero no es él quien toma las decisiones presupuestarias.

Joceline la miró fijamente.

—¿Me estás ocultando algo?

Betty se mordió el labio.

—Seguramente no sea nada...

—Dímelo.

—He oído a un agente discutiendo sobre algo que había dicho el señor Grier —Garon Grier era el Agente Especial al Mando en la sede federal de Jacobsville, y solía ir a San Antonio para comer con su homólogo—. El señor Grier estaba muy preocupado con la reducción de su personal, y nuestro jefe se preguntó si podríamos quedarnos simplemente con una asistente jurídica a media jornada para el Departamento de homicidios.

Joceline no se movió ni hizo el menor gesto, aunque por dentro se encogió de pavor. Betty llevaba más de diez años trabajando en el FBI y su antigüedad le garantizaba el puesto.

—Ya te he dicho que seguramente no sea nada. Tal vez sólo estuviera bromeando. No te preocupes, por favor —intentó tranquilizarla Betty—. Seguro que se les ocurre otra idea para ahorrar, pero no quería que la noticia te pillara por sorpresa. Eres una gran asistente jurídica. El juez Cummings te ficharía para su oficina sin dudarlo, o incluso el fiscal del distrito.

Era cierto, pero por muy favorables que fuesen las condiciones laborales o el sueldo, en ninguna de esas oficinas estaría trabajando Jon Blackhawk. Y eso tal vez fuera positivo en algunos aspectos, pero en otros sería una auténtica tragedia.

—No vas a perder tu empleo, Joceline —le aseguró Betty—. El Agente Especial al Mando y el señor Blackhawk no lo permitirán.

Joceline intentó convencerse de ello. A pesar de su negativa a desempeñar cometidos propios de una secretaria, era muy buena en lo que hacía y nunca eludía el trabajo. Sin embargo…

—Últimamente he estado llegando tarde al trabajo —le confesó con preocupación a Betty.

—Todo el mundo sabe por qué —respondió Betty compasivamente.

—¿Cómo?

—Todos sabemos que tu hijo tiene problemas de salud.

—Pero… pero nunca se lo he contado a nadie —balbuceó Joceline—. Bueno, el señor Blackhawk vino a verme cuando tuve que llevar a Markie al hospital y…

—Y luego nos lo contó a todos. No quería que nadie pensara que estabas faltando al trabajo sin un buen motivo. Te aprecia mucho, a su manera. Y es muy divertido ver cómo reacciona a tus provocaciones. Siempre consigues sacarlo de sus casillas.

—Le ayuda a mantenerse en alerta —aseveró Joceline—. Le gusta darle vueltas a las cosas.

—¡Oh, café! —exclamó Phyllis, apareciendo en ese momento en la zona de descanso—. ¿Puedo tomar un poco?

—Claro, siéntate —la invitó Joceline mientras examinaba el estiloso atuendo de la joven. Era el tipo de ropa que llevaría Cammy Blackhawk, pero Phyllis estudiaba en la universidad y su padre sólo era un detective de policía. ¿De dónde sacaría el dinero para su carísimo vestuario?

—Estábamos hablando del trabajo —le comentó Betty.

—Este trabajo es muy aburrido —declaró Phyllis—. Me gustaría ser detective, como mi padre, y poder estar en la escena del crimen.

—Ves demasiadas series policíacas por televisión, Phyllis —dijo Betty, riendo.

Phyllis le lanzó una mirada inexpresiva.

—Ya sabes, esos programas de ficción en los que se resuelven crímenes y asesinatos —dijo Joceline.

—Mucha gente no aprecia la diferencia —dijo Betty con un suspiro—. Los jurados están tan informados de todo que se permiten discutir con los abogados sobre las pruebas en un juicio por asesinato. Ven una serie de televisión y ya se creen cualificados para opinar sobre todo.

—Sí, y nada es como se muestra en televisión —dijo Phyllis—. Los cuerpos aparecen limpios y enteros, mientras que en la vida real hay sangre por todas partes y... —se calló al ver cómo la miraban las otras dos mujeres—. Bueno, mi padre me deja mirar las fotos algunas veces... para enseñarme cómo se reúnen las pruebas.

—Entiendo —murmuró Betty, claramente incómoda.

—Algunos de esos programas son demasiado explícitos para mí, sobre todo cuando mi hijo puede ver algo que le provoque pesadillas —dijo Joceline.

—A mí nunca me han dado miedo, ni siquiera de niña —se jactó Phyllis—. El caso de asesinato en el que estuvimos trabajando con el señor Blackhawk, en el que Jay Copper fue arrestado… fue fascinante. Por cierto, ¿no estás buscando información sobre el pasado de ese Hancock?

—Eso intento. Esta mañana he conseguido algunos antecedentes de la policía de San Antonio, pero aún no he tenido tiempo para pasarlos al ordenador. Los tengo en mi mesa, y creo que voy a tener que hacerlo en casa.

—Deben de ocupar mucho espacio —dijo Phyllis.

—La verdad es que sí.

—¡Qué historia tan triste, los crímenes de la familia Kilraven! —dijo Betty—. ¿Quién puede ser capaz de matar a una niña pequeña?

—Niños, adultos… una vida es una vida —Phyllis se encogió de hombros—. Al final todos morimos.

—Cuando tienes un hijo, se ven las cosas de otra manera —dijo Joceline.

Phyllis sonrió.

—Por supuesto.

—Me preocupan las amenazas de Monroe —dijo Betty, tomando otro sorbo de café—. Al señor Blackhawk le puede parecer una broma, pero ese hombre es peligroso. El tío de su mujer le enseñó a ser un monstruo, y su cuñado es aún peor.

Joceline asintió.

—Jay Copper lo va a pasar muy mal si logra evitar la pena capital. Ordenar la muerte de una mujer y de una niña… Es un crimen atroz.

—Y seguro que la ordenó, a pesar de que lo niegue —afirmó Betty—. Dan Jones pudo ser la mano ejecutora, pero Jay Copper era el cerebro. Ojalá que puedan condenarlo.

—El señor Blackhawk va a reunirse hoy a las siete con un informante —dijo Joceline—. Se niega a llevar guardaespaldas. No cree que Monroe pueda ser una amenaza seria.

—Está siendo un imprudente —opinó Betty—. Mira lo que le pasó al detective Márquez cuando fue al encuentro de un informante.

Márquez fue atacado por sorpresa y hospitalizado. Joceline se estremeció al recordarlo y al pensar en la reunión de su jefe.

—El señor Blackhawk se arriesga mucho…

—Oh, seguro que no le pasará nada —dijo Phyllis en tono animado, antes de consultar la hora en su carísimo reloj—. Tengo que volver al trabajo. Gracias por el café.

Se marchó sin dejar dinero en el bote que ayudaba a pagar los suministros. Betty sacó un billete del bolsillo y lo depositó en el recipiente.

—Jóvenes…

—Eres muy amable —le dijo Joceline, sonriendo.

—Gracias. Tú también.

—Espero que condenen a Jay Copper por el asesinato de la pequeña Melly Kilraven. Su padre aún no lo ha superado, aunque él y su mujer, Winnie, están esperando un hijo —sonrió—. ¡Qué regalo de Navidad tan bonito pueden tener!

—¡Todavía no he empezado con las compras de Navidad! —exclamó Betty.

—Ni siquiera ha llegado Acción de Gracias —le recordó Joceline.

—Normalmente lo compro todo en agosto —dijo Betty, riendo—. Ojalá fuera igual de eficiente en esas cosas como lo soy en el trabajo.

Joceline también se rio.

—Hacemos lo que podemos.

El teléfono empezó a sonar y Joceline se levantó.

—Hora de volver al trabajo. Muchas gracias por la información. Así estaré preparada si me dan la patada. Quizá debería empezar a preparar mi currículum.

—No te precipites —le aconsejó Betty—. No creo que la oficina pueda arreglárselas únicamente conmigo y con una asistente jurídica a media jornada. Me volvería loca. Y además, tú eres única para sonsacarle información a la gente.

—Se me da bien… —admitió Joceline—. A lo mejor encuentro trabajo como detective… ¿Me imaginas con una gabardina y sombrero?

Betty volvió a reírse.

Joceline recibió una llamada mientras recogía las cosas para irse a casa, incluyendo el extenso fichero sobre Bart Hancock.

—¿Diga?

—¡Cariño! Cuánto tiempo…

Conocía aquella voz con su inconfundible acento sudafricano. Su dueño era un hombre de rostro curtido y bronceado, parche en el ojo y una melena rubia recogida en una coleta.

—Rourke.

—¿Qué te parece? Voy a ser tu sombra durante las próximas semanas, hasta que ese supuesto pervertido deje de amenazarte.

—Me muero de impaciencia —respondió ella—. ¿Tienes armadura?

—¿Cómo dices?

—Armadura. Equipo antidisturbios.

—No, pero puedo conseguir una. ¿Voy a necesitarla?

—Si te acercas a mí, te embadurnaré con grasa de oso y abriré la jaula de los leones —le dijo Joceline en un tono encantador.

Rourke se rio.

—Joceline, cariño, en Sudáfrica vivo con dos leones en casa. No me dan miedo los gatos grandes. Pero si te hace ilusión untarme con grasa de oso… puedo estar en tu oficina dentro de dos minutos. ¡Me saltaré los semáforos en rojo y todo!

Joceline colgó y apretó los labios. A los pocos segundos el teléfono volvió a sonar.

—¡Como me llames una vez más, Rourke, te denunciaré por acoso! —gritó sin pensar por el auricular.

Hubo un prolongado silencio, como si su interlocutor se hubiera quedado pasmado.

—Joceline —la voz grave y profunda de Kilraven se oyó al otro lado de la línea—. Joceline… tengo malas noticias.

—¿Es Winnie…? —preguntó con gran inquietud. Era muy amiga de la mujer de Kilraven y a menudo iban juntas de compras.

Él tragó saliva audiblemente.

—No, no se trata de Winnie. Es mi hermano…

—¿Jon? ¿Le ha pasado algo a Jon? —se estaba poniendo histérica, pero no le importaba. Recordó la llamada de Harold Monroe y apretó angustiosamente el auricular—. ¿Qué ha ocurrido?

—Le han disparado y su estado es grave. Está en el Hal Marshall Memorial Medical Center y… ¿Joceline?

Joceline ya no lo escuchaba. Corrió al despacho de Betty y le contó sucedido.

—Voy al hospital. Te llamaré en cuanto sepa algo.

Betty se dispuso a recordarle que la familia de Jon estaría con él y que informarían de cualquier novedad, pero la expresión de Joceline la hizo callar. Los sentimientos que albergaba hacia Jon Blackhawk se reflejaban descaradamente en su rostro.

Kilraven estaba sentado en una incómoda silla de la sala de espera de Urgencias, con Winnie a su lado. Levantó la mirada cuando Joceline entró en la sala. Su expresión, normalmente impenetrable, reflejaba la misma preocupación que ella sentía.

—¿Se sabe algo? —preguntó Joceline tras abrazar a Winnie.

—Se lo han llevado al quirófano —respondió Kilraven—. Han dicho que sabrán más cuando lo operen. Le dispararon en la espalda… ¡En la espalda!

Joceline se puso roja de ira.

—Espero que encuentren a Harold Monroe y lo cuelguen del cuello.

Kilraven asintió.

—No tengo pruebas, pero estoy convencido de que fue él quien le disparó. ¡Y voy a demostrarlo, me cueste lo que me cueste!

—Yo te ayudaré —le prometió Joceline.

—¿Quieres un café? —le preguntó Winnie a su marido, quien asintió con la cabeza.

—Ya voy yo —dijo él. Hizo ademán de levantarse, pero su mujer lo detuvo.

—El doctor dice que necesito hacer un poco de ejercicio.

Pero gracias de todos modos, cariño —se inclinó para besarlo—. ¿Te apetece un café a ti también, Joceline?

—Sí, por favor —Joceline sacó un billete de un dólar e insistió en que Winnie lo aceptara—. No vas a invitarme al café —declaró testarudamente—. Trabajo para una agencia federal y no puedo permitir sobornos.

Winnie se rio.

—Como tú digas, Elliott Ness.

Kilraven frunció el ceño.

—Elliott Ness estaba al frente del FBI en Chicago durante la Ley Seca, y siempre fue incorruptible.

—Ya salió el profesor de historia —bromeó Winnie, dándole otro beso.

—No domino la historia americana a no ser que tenga relación con la escocesa —afirmó él, recordando una vez más que su especialidad era la historia de Escocia del siglo XVII.

—¿Elliott Ness no era escocés? —preguntó Joceline.

—Lo investigaré —prometió Kilraven.

Winnie fue a por el café y Kilraven y Joceline se quedaron en la sala de espera, muy rígidos en las sillas, viendo como las puertas se abrían y cerraban para permitir el continuo trasiego de enfermeros y auxiliares con sus uniformes verdes y de vez en cuando algún que otro médico con bata blanca y estetoscopio alrededor del cuello.

—Hay mucha actividad aquí —comentó Kilraven.

—Sí… ¿Has llamado a tu madre?

—Está en camino —puso una mueca—. Le hice prometer que no conduciría. En los últimos cinco años ha estrellado dos coches contra postes de teléfono.

—Así que conduce como tú —bromeó Joceline con una sonrisa.

Kilraven la fulminó con la mirada.

—Yo jamás me he estrellado con un coche.

—Lo siento, lo olvidaba. Tus coches saltan por los aires. Hay una diferencia.

—Todo el mundo recibe amenazas de bomba.

—Lo tuyo no son amenazas, y tuviste suerte de no estar en esos coches cuando explotaron.

—¿Qué le voy a hacer si inspiro esa pasión en las personas?

—Es lo que tiene la gente con uniforme —bromeó ella. Kilraven se encogió de hombros y le dedicó una sonrisa.

—Estoy intentando pasar página, y ahora desempeño el trabajo más aburrido posible. Un simple patrullero.

—Es más seguro de lo que hacías antes —dijo ella—. ¿Fuiste tú quien me asignó a Rourke de guardaespaldas?

—Sí, fui yo —admitió Kilraven—. Y más te vale aceptarlo de una vez. Monroe va en serio, como hemos podido comprobar hoy. Jon me dijo que Monroe te dijo que tú eras la siguiente. Tienes un niño pequeño y los dos vivís en un apartamento sin medidas de seguridad. Rourke se encargará de protegeros.

—¿Y quién lo protegerá a él de mí?

—Buena pregunta.

En esos momentos, apareció un cirujano en la puerta que conducía al quirófano. Miró a Kilraven y le hizo señas para que se acercara. Joceline también se acercó, ignorando la sorpresa del cirujano. En cualquier otra circunstancia, a Kilraven le habría parecido cómica su preocupación por un jefe al que siempre estaba volviendo loco.

El corazón de Joceline latía desbocadamente, y confió en que Kilraven no lo percibiera. Estaba muerta de miedo. Si Jon Blackhawk moría, sería como si el sol se ocultara para siempre. No quería pensar en ello, pero sabía que era una posibilidad. Aferró su bolso como si fuera un salvavidas mientras rezaba en silencio.

«Por favor, Señor, no permitas que muera. Te prometo que

iré a la iglesia más a menudo. Haré obras de caridad. Seré mejor persona, más amable y tolerante…», cerró los ojos y se reprendió a sí misma por intentar negociar con Dios.

Su prolongada exhalación llamó la atención del cirujano.

—La operación ha salido bien —dijo—. La bala se alojó en la pared torácica pero no alcanzó los órganos vitales y sólo ha provocado daños mínimos en el pulmón, aparte de llenar de sangre la cavidad pleural. Hemos sacado la bala e insertado un tubo para drenar el exceso de fluido y reinflar el pulmón. Al parecer le dispararon desde lejos y con una bala no expansiva, gracias a Dios. Su juventud y buena forma física lo ayudarán a recuperarse sin problemas.

—¿Puedo verlo? —preguntó Kilraven.

El cirujano titubeó, pero era un hombre comprensivo y aquellas dos personas querían mucho a su paciente. Se pregunto si la mujer sería su novia. Por la preocupación que demostraba debía de ser una persona muy cercana.

—Dentro de unos minutos —les dijo—. Lo trasladaremos temporalmente a la sala de reanimación y luego pasará uno o dos días en la UVI… como medida de precaución —añadió al ver que sus dos oyentes se ponían pálidos—. Tenemos que asegurarnos de que no se produce ninguna complicación que pueda retardar su mejoría. Luego permanecerá ingresado tres o cuatro días, pero se pondrá bien.

—¿Nos avisarán cuando podamos verlo? —preguntó Kilraven.

—Enviaré a una enfermera —prometió el cirujano—. Mi paciente es un agente del FBI, ¿verdad?

—Así es —respondió Kilraven—. Uno de los mejores.

—Nos llegan muchos heridos de bala a Urgencias —dijo el cirujano con un profundo suspiro—. Hay aquí más armas de fuego que cirujanos traumatólogos.

—Algún día será al revés —vaticinó Kilraven, pero el médico se limitó a sonreír con tristeza.

—Me temo que no llegaré a verlo. Tengo que volver al trabajo. Acaban de ingresar a un niño de siete años al que le han disparado desde un coche en marcha —sacudió la cabeza—. En mis tiempos las drogas sólo eran un asunto del que se cuchicheaba. No había narcotraficantes, ni bandas armadas ni... —hizo un gesto de resignación—. Tal vez fuese un mundo menos tolerante, pero era mucho menos violento.

—Leí algo sobre un experimento que hicieron con ratas —dijo Kilraven—. Las metieron en un espacio reducido hasta que no podían ni moverse. Entonces las ratas se volvieron tan agresivas que empezaron a atacarse entre ellas e incluso a devorarse.

El cirujano asintió.

—Somos demasiadas personas para tan pocos recursos. La naturaleza tiene sus propios medios para reducir la población sin que tengamos que intervenir para nada —miró hacia el quirófano—. Y la verdad es que prefiero el enfoque natural... Las armas no me gustan.

—A mí tampoco —corroboró Kilraven—. Ya he visto los resultados.

Nadie señaló que Kilraven había enviado a más de un criminal a Urgencias.

El cirujano sonrió y regresó al trabajo. Por su parte, Joceline intentaba que Kilraven no viese sus lágrimas.

—Eh, vamos —le dijo él en tono burlón—. Nunca dejes que te vean llorar.

Ella se rio con un pequeño ataque de hipo y se frotó los ojos.

—Es un jefe horrible —murmuró—. Me hace trabajar hasta tarde, me tira cosas, me humilla...

—¿Jon te humilla? —preguntó Kilraven, horrorizado.

—Me pide que le prepare café —se quejó ella—. ¿Puedes creértelo?

—Está harto de que lo amenacen con ponerle un pleito

cada vez que un abogado se bebe el café que hacen los agentes —le explicó él.

—Pues en ese caso, que no permitan que sea Murdock quien haga el café.

—Ya lo han sugerido —replicó Kilraven—. Y también se ha comentado la posibilidad de quitarlo de en medio…

—Hay un enorme maceta a la que le vendría bien un cargamento de abono. Pero el agente Murdock es demasiado voluminoso para enterrarlo ahí.

—¿Y si…? —empezó él, pero ella levantó una mano para detenerlo.

—¡Por favor! ¡Estamos en un hospital!

—Sólo era una idea. De todos modos, yo me llevo mi propio café cuando visito a Jon en su oficina.

Joceline se relajó un poco al oír el nombre de su jefe.

—Me alegro de que vaya a ponerse bien —dudó—. Supongo que debería marcharme.

—Puedes verlo antes.

—Deberíais entrar Winnie y tú.

—Winnie insistirá en que también entres tú —dijo él con una amable sonrisa.

—Gracias —respondió ella en voz baja, sin levantar la mirada.

Kilraven no dijo lo que estaba pensando. Joceline y Jon siempre habían sido como el perro y el gato, pero en una ocasión, cuatro años atrás, los dos fueron juntos a una fiesta. El FBI estaba protegiendo a una joven que salía con el hijo de un dignatario extranjero y la chica insistió en que Jon, el agente encargado del caso, fuera a su fiesta de cumpleaños con un acompañante. De modo que Jon invitó a Joceline a ir con él. Tanto Jon como Joceline detestaban las fiestas y hacer vida social, pero aun así fueron.

Después de la fiesta Joceline empezó a comportarse de una forma extraña e incluso intentó dejar el trabajo, pero Jon la convenció para que no lo hiciera. Jon apenas dio explicaciones sobre lo ocurrido; sólo dijo que había bebido demasiado y que Joceline tuvo que llevarlo al hospital. Al parecer, alguien había echado una droga alucinógena en su bebida con la única intención de hacer una gracia. El culpable, el hijo del dignatario, abandonó el país poco después y nunca más regresó.

Hacía mucho que Kilraven no pensaba en aquello. Su hermano jamás bebía alcohol. En ese aspecto, era extremadamente conservador. Kilraven lo quería mucho y había sido muy duro verlo en una camilla con la sangre manando de su espalda. Cammy se pondría echa una furia, y no sin motivo. Había vivido con un miedo constante desde que Jon entró en el FBI. Llevaba rosarios en todas partes, incluida la guantera del coche, y siempre estaba rezando por su seguridad. Al menos no iba a conducir para ir al hospital, porque de lo contrario habrían sido dos las tragedias. Kilraven habría ido a buscarla, pero tenía miedo de dejar a Jon, como si con su mera presencia pudiera mantenerlo con vida.

La enfermera los avisó unos larguísimos minutos después. Ni Kilraven ni Joceline estaban convencidos de que Jon fuera a sobrevivir. Tenían que verlo por sí mismos para asegurarse.

Jon llevaba un camisón del hospital, pero con el pecho al descubierto. Estaba completamente pálido y tenía restos de sangre reseca en la boca. Respiraba con dificultad a pesar del tubo que le drenaba el fluido del pecho y de la cánula nasal que le suministraba el oxígeno. Estaba conectado a una sonda por el brazo y a media docena de monitores. Su largo pelo negro se desparramaba por la almohada y tenía los ojos cerrados.

Aparte del pitido constante de los monitores sólo se oyó el repentino sollozo de Joceline, que se apresuró a sofocar.

—No le gustaría verse así de despeinado —dijo ella en voz baja.

—Sí —afirmó Kilraven. Se fijó en que también Joceline

estaba pálida y que agarraba fuertemente el bolso, como si temiera que se le fuera a escapar—. Es un tipo duro y saldrá de esta. Puedes estar segura, Joceline.

Ella tragó saliva y asintió lentamente.

—Mañana les estará diciendo a las enfermeras cómo tienen que colocarle la sonda y amenazando al médico para que lo deje salir del hospital —le aseguró él.

Joceline volvió a asentir. No soportaba ver a su jefe en aquel estado. Un hombre tan fuerte y dinámico, postrado en una cama…

Kilraven la observaba discretamente. Le sorprendía verla tan asustada y enmudecida. Tal vez estuviese pensando en el hombre misterioso que había desaparecido en el extranjero. El padre de Markie.

Markie… Al pensar en el chico sintió una preocupación repentina.

—Voy a salir un momento —le dijo él, y salió de la UVI para hacer una rápida llamada telefónica.

Joceline apenas se dio cuenta. Alargó la mano para acariciar los largos y enmarañados cabellos negros en la almohada y recordó otra ocasión en que los había tocado y sentido su espesura y suavidad. Pero él no recordaba nada de aquello. Mejor así. Ella no quería que recordase.

—¡No toques a mi hijo!

Joceline se quedó helada y retiró bruscamente la mano mientras Cammy Blackhawk irrumpía en la habitación y se interponía entre ella y la cama.

—Jon… —susurró—. ¡Pobre hijo mío!

Se inclinó para besarle la frente y le acarició el pelo mientras reprimía las lágrimas. Entonces se volvió hacia Joceline y le clavó una mirada fría y hostil.

—No tienes derecho a estar aquí.

Joceline no dijo nada. Miró por última vez a Jon y se giró para salir de la habitación.

—¿Adónde vas? —le preguntó Kilraven al verla en el pasillo.

—Me marcho —dijo ella, muy pálida, pero sin perder la compostura—. La vida sigue, y tu madre está aquí.

—Oh, no… —se quejó Kilraven—. Ahora es cuando empieza el verdadero tormento. Pondrá el hospital patas arriba y el personal amenazará con colgarla de la ventana con una sábana.

Joceline no pudo evitar reírse.

—No dejes que te afecte —le dijo Kilraven en voz baja—. No es lo que parece, en serio.

—Espero que todo vaya bien —repuso ella, sin responder al comentario.

—Se pondrá bien. Te llamaré si hay algún cambio.

Ella asintió.

—Gracias, Kilraven.

Él la miró con ojos entornados.

—Joceline… Le he pedido a Rourke que vaya a recoger a tu hijo a la guardería.

—¿Qué? —exclamó ella.

—Monroe os ha amenazado —le recordó Kilraven—. No tenemos pruebas y por tanto no podemos detenerlo. De momento lo tenemos vigilado, pero tu hijo y tú necesitáis protección.

La idea de que Markie acabara en un hospital, víctima de algún criminal trastornado, era terrorífica.

—¡Es sólo un niño!

—Igual que Melly —dijo Kilraven con expresión adusta—. Sólo tenía tres años cuando… —la voz se le quebró.

—Lo siento —dijo ella—. Lo siento mucho.

—Lamentarlo no servirá para recuperarla ni para proteger a tu hijo —replicó él—. Rourke puede protegerlo, así que permítele hacer su trabajo.

Joceline hizo una mueca de desagrado.

—No tienes por qué congeniar con él. Ya sé que es un pesado insufrible, pero también es el mejor guardaespaldas que conozco.

—Está bien.

Kilraven la observó un momento.

—Nunca has llevado a tu hijo a la oficina ni tienes una foto de él en tu mesa, pero sin duda lo quieres mucho.

—Intento mantener mi vida privada al margen del trabajo —dijo ella, muy rígida—. Soy muy reservada con mi situación personal.

—Para no llamar la atención.

—Sí —dijo ella rápidamente para zanjar el tema.

—Entiendo —Kilraven no intentó presionarla, aunque la conversación le estaba resultando muy reveladora—. No te preocupes por tu jefe. Está en buenas manos.

Joceline miró a través del cristal. Cammy Blackhawk seguía acariciándole el pelo a su hijo.

—Ya veo.

—Me refiero al médico.

—Ah.

—No conoces el pasado de Cammy, y no seré yo quien te lo cuente. Pero tiene un buen motivo para ser como es. Intenta no hacerle demasiado caso.

—Quiere a su hijo. No hay nada malo en ello.

—Sí, pero siempre intenta controlar su vida.

—Quiere lo mejor para él.

—A Jon le iría mucho mejor con una mujer que jugase con él a los videojuegos.

—A mí no me mires. Ya tengo a un hombre en mi vida. No necesito otro.

—Dijiste que el padre de tu hijo desapareció en combate.

—Sí.

—Aún tengo contactos en el Ejército —dijo él—. Podría pedirles que investigaran un poco.

A Joceline se le cayó el bolso al suelo.

—Lo siento, ha sido un día muy ajetreado y estoy un poco torpe —dijo mientras se agachaba a recogerlo—. No, gracias. Ya se investigó todo lo posible. Desapareció en las montañas donde se creía que Al Qaeda tenía una base secreta. Estaban convencidos de que lo mataron, pero no querían decírmelo.

—Entiendo.

En ese momento apareció Winnie con dos tazas de café, una de las cuales se la ofreció a su marido.

—Ha sido un día muy largo. Deberías irte.

—Sí —dijo Joceline—. ¿Me llamaréis si hay alguna novedad?

—Pues claro —le aseguró Winnie.

—La ayudante del fiscal del distrito preguntó por ti —dijo Kilraven—. Aún alberga la esperanza de que abandones el barco y vayas a trabajar con ella —añadió en tono burlón.

—Puede que lo haga —admitió Joceline—. Están hablando de reducción de plantilla en mi oficina. Betty lleva mucho más tiempo que yo, así que me tocará a mí —sacudió la cabeza—. ¡Menudo día llevo!

—Jamás dejarían que te fueras —observó Kilraven con el ceño fruncido.

Joceline sonrió amargamente.

—Dejarían irse a cualquiera si fuese necesario, y yo no soy la mejor asistente administrativa de la tierra —suspiró hondamente—. Esa es mi preocupación actual. Y también mi jefe y mi hijo.

—No te preocupes por Markie. Rourke no permitirá que le ocurra nada malo. Ni a ti tampoco.

—De acuerdo —aceptó ella entre dientes.

—Y Jon se pondrá bien —añadió Kilraven.

—Tiene sangre en la boca —dijo ella, mordiéndose el labio.

—Le han disparado en un pulmón, Joceline —le recordó

él—. Estaba escupiendo sangre cuando lo encontraron. ¡Gracias a Dios que estaba en una calle muy concurrida cuando ocurrió!

—Sí —susurró ella, estremeciéndose de pavor al pensar en la experiencia que había sufrido su jefe… Recibir un disparo en la espalda mientras caminaba por la calle.

—Vete a casa con tu hijo —la animó Winnie—. Él te ayudará a no darle vueltas a las cosas.

—El maestro de eso está ahí —señaló la habitación en la que Cammy seguía sentada junto a Jon—. Él se agobia mucho más que yo.

—Se pondrá bien. Tú preocúpate de controlar la oficina hasta que él vuelva —le dijo Kilraven.

Joceline sonrió. Tenía que obligarse a ser optimista.

—De acuerdo. Por cierto, ¿conoces a algún buen abogado defensor?

Kilraven la miró con asombro.

—Pues… no, pero puedo preguntar por ahí. ¿Para qué lo necesitas?

—De momento no lo necesito, mientras Rourke no se acerque a mí.

Kilraven se rio.

—Menuda pieza está hecho, ¿verdad?

—Te salvó el trasero, querido —le recordó Winnie, dándole un abrazo que él le devolvió junto a un beso en el pelo.

—Sí, pero se comporta de un modo insoportable.

—Es lo que sabe hacer mejor.

—Cierto, pero protegerá a Markie como nadie —le recordó a Joceline—. Es el mejor en su trabajo.

—¿Y qué es lo que hace, exactamente, cuando no te está devolviendo favores? —quiso saber Joceline.

—Eso no es asunto tuyo —dijo Kilraven en tono tajante.

—Antipático —le reprochó Joceline. Les sonrió a los dos y le echó un último vistazo a Jon Blackhawk a través del cristal antes de abandonar la sala de espera.

—Algo me huele mal —murmuró Kilraven.

—¿El qué? —preguntó Winnie.

No le quiso responder, pero la actitud de Joceline le escamaba e iba a hacer algunas averiguaciones en cuanto tuviese tiempo.

Winnie y él volvieron a entrar en la UVI.

—¿Se ha ido esa horrible chica? —preguntó Cammy en tono irritado.

—Es la mano derecha de Jon en la oficina —le dijo Kilraven—. Se mantuvo fiel a su lado cuando cualquier otra ayudante habría salido corriendo por la puerta.

—No me gusta. No es una mujer decente.

—¿Te parecería más decente si hubiese abortado, Cammy? —le preguntó Kilraven fríamente—. ¿Qué habrías hecho tú, embarazada de Jon?

Cammy tragó saliva y apartó la mirada. Kilraven estaba removiendo viejos horrores de los que ella no podía hablar con él ni con nadie.

—Está muy pálido —dijo mientras le acariciaba el pelo a Jon.

—Ha sufrido un shock muy fuerte —le recordó Kilraven—. Yo he pasado por lo mismo.

—Lo sé, querido —dijo ella amablemente, dándole un fuerte abrazo—. Lo siento mucho, pero estaba tan asustada que… —las lágrimas afluyeron a sus ojos.

Kilraven la abrazó con fuerza.

—Jon se pondrá bien.

—Sí.

—Creía que el caso de mi familia estaba resuelto, pero ha aparecido una nueva pista. Acabo de descubrir que el hombre que creemos que ha hecho esto —señaló a Jon— tiene un cuñado que pudo estar implicado en el asesinato de Melly.

—¿Qué? —exclamó Cammy.

—Y eso no es todo. Ahora va detrás del hijo pequeño de Joceline.

Cammy no supo cómo reaccionar. Despreciaba a Joceline, pero adoraba a los niños, fueran de quien fueran.

—Eso es horrible.

—Sí que lo es.

—¿No tiene a nadie para protegerlo?

—Joceline vive sola. Pero he mandado a Rourke para que vigile al chico.

—Rourke… —Cammy puso los ojos en blanco—. Bueno, es soltero y está en edad de casarse —se quedó pensativa unos instantes. Si Joceline se casaba con Rourke, se iría a vivir con él a Sudáfrica, lejos de Jon—. Puede que se gusten el uno al otro.

Kilraven no dijo nada. Él sabía cómo funcionaba la mente de Cammy y de repente sintió lástima por Rourke.

Joceline soltó sus cosas al llegar a casa. Era tarde, pero había llamado a la guardería y la encargada le había dicho que no se preocupara. Se había enterado del tiroteo por las noticias y estaba muy preocupada por Jon. No tanto como Joceline, lógicamente, quien se estaba volviendo loca.

Si Jon moría, ella tendría que vivir con un secreto que le devoraba incesantemente las entrañas. Estaba tan nerviosa que las manos le temblaban al cerrar la puerta y subirse al coche. Le pareció ver una sombra moviéndose, pero lo atribuyó a su imaginación. En su estado de alteración era normal tener alucinaciones.

Intentó apartar sus temores mientras iba a la guardería para no preocupar a Markie. Su hijo la esperaba con nuevos dibujos para mostrarle.

—Esta es mi profesora —le dijo, enseñándole un boceto basto pero reconocible—. Y esto es un perro que apareció en el recreo. Un hombre vino en una furgoneta y se lo llevó… ¿Lo matarán?

—¡No! Tan sólo buscarán a su dueño —le dijo Joceline con una sonrisa, confiando en que fuera así.

—Me gustaría que tuviéramos un perro.

Joceline le abrochó el cinturón de seguridad en el asiento trasero y ella se sentó tras el volante. De todas las cosas que le desagradaban de la vida moderna, aquella era la peor. Un niño debería ir sentado junto a su padre o su madre, no aislado en el asiento trasero. Cierto que los airbags podían matar a un niño pequeño, pero cuando ella era niña viajaba en el asiento delantero de la camioneta de su padre, con el cinturón bien apretado, feliz y contenta. Alguien debería inventar una sillita para niños que protegiera de los airbags y permitiera a los hijos estar cerca de sus padres.

Suspiró profundamente mientras se internaba en el tráfico. Su jefe iba a ponerse bien. Tenía que creérselo o se volvería loca. Y Markie también estaría bien. Rourke lo protegería. Tal vez fuera un indeseable, pero era bueno en su trabajo… fuera cual fuera. Empezó a mirar a su alrededor por si localizaba al lunático tuerto en algún coche.

—¿Estás buscando a alguien, mamá? —le preguntó Markie.

—No, cariño —carraspeó—. Sólo estoy mirando el tráfico.

—¿Tu jefe no es el señor Blackhawk? Alguien dijo que le habían disparado. ¿Está muerto?

—¡No! Está herido en el hospital, pero no ha muerto.

—Me alegro. Estuvimos jugando a los videojuegos con él. Me gusta mucho.

Joceline sonrió tristemente.

—A mí también me gusta.

—¿No podemos ir a verlo?

La sugerencia sorprendió tanto a Joceline que se puso a balbucear.

—Hay un límite de edad, Markie —o al menos así era antes. No conocía la política de los hospitales modernos.

—¿Quieres decir que no puedo verlo?

—Sí, eso es justamente lo que quiero decir. Su madre está con él.

—Ah, entonces vale.

Joceline cambió rápidamente de tema.

—¿Te apetece un helado? —le sugirió, y recibió una entusiasta respuesta afirmativa.

Gracias a esos pequeños detalles, la vida se hacía más soportable. Hasta los momentos más duros podían sobrellevarse gracias a algo tan simple y reconfortante como un helado.

Detuvo el coche en una heladería y pidió dos cucuruchos, uno de fresa para ella y otro de nuez para Markie.

Su hijo se puso a lamerlo con deleite y la miró con ojos brillantes y risueños. Iba a ser un hombre muy apuesto y atractivo, y Joceline agradecía a Dios que se fuera pareciendo a ella más que a su padre.

Al llegar a casa, habiendo oscurecido ya, se encontraron con la puerta abierta.

—Quédate aquí —le ordenó a Markie.

—¿Qué pasa, mamá?

Ella no respondió y se movió hasta un punto desde el que pudiera observar la puerta. No se veía nada, pero por nada del mundo iba a entrar. Alguien había forzado la puerta y podía estar esperándola con la intención de matarla, a ella o a su hijo, por su estrecho vínculo con Jon Blackhawk…

—Vaya… —dijo una voz con marcado acento desde el interior del apartamento—. Menos mal que no has llegado antes a casa.

La enorme figura de Rourke apareció en el umbral, con una amplia sonrisa en su atractivo rostro.

—¡Rourke! —exclamó Joceline—. ¡Maldito idiota! Me has dado un susto de muerte.

Él bajó los escalones, silbando y con las manos en los bolsillos. Era alto y fuerte, con una larga melena rubia recogida en una coleta que le caía por la espalda. Tenía un ojo de color castaño claro y el otro oculto bajo un parche negro.

—Tranquila, encanto. Si hubieras llegado antes que yo, te habrías llevado un susto aún mayor al abrir la puerta. Hola, pequeño. ¿Cómo estás? —le preguntó al niño del asiento trasero con su marcado acento de Sudáfrica.

—Bien —respondió Markie—. ¿Quién eres?

—Rourke.

—Sólo tienes un ojo.

—Ya me he dado cuenta —dijo Rourke, sin ofenderse.

—Lo siento.

El hombre miró al chico con una expresión entre amable y divertida.

—Gracias.

—¿Te hizo daño un hombre malo?

—Se podría decir que sí.

—Me gusta tu parche. Podrías disfrazarte de pirata en Halloween.

Rourke se echó a reír.

—Me han llamado pirata un par de veces —miró significativamente a Joceline.

—¿Qué haces aquí, y qué pasa en el apartamento? —le preguntó ella con gran inquietud.

—Nada serio —le sonrió tranquilizadoramente a Markie, pero cuando se volvió hacia Joceline estaba muy serio—. Alguien ha registrado tus cosas. ¿Tienes idea de lo que podían estar buscando?

A Joceline se le detuvo el corazón. No tenía documentos de valor en casa, nada que pudiera interesar a un intruso. Los extractos bancarios, la información tributaria, los certificados de nacimiento de Markie y de ella...

¡Su diario!

Presa del pánico, pasó velozmente junto a Rourke y entró en el apartamento. Guardaba el diario en la mesilla de noche, bajo un amasijo de objetos varios como libros, cuadernillos, bolígrafos, analgésicos y hojas de instrucciones para artículos electrónicos. Rebuscó en el cajón, pensando en las cosas que había escrito. Nunca se le había ocurrido que alguien pudiera robárselo.

Vacío frenéticamente el cajón, muerta de miedo, tirando las cosas al suelo. Y finalmente lo vio en el fondo, con su pequeño candado intacto. No lo habían abierto. Lo agarró y se lo apretó contra el pecho.

—¿Algún secreto comprometedor? —preguntó Rourke amablemente.

Joceline lo miró, invadida por las náuseas del miedo.

—La gente escribe cosas que no deberían escribirse.

Él asintió seriamente.

—Sí.

—Creo que será mejor quemarlo —decidió ella.

—Mejor guárdalo en una caja de seguridad del banco —le sugirió él.

—Claro, junto a mi colección de diamantes y lingotes de oro.

Rourke se rio.

—Apenas puedo pagar el alquiler y no tengo dinero para nada más —le aclaró ella—. Lo mejor es destruirlo. Además, no serviría de nada conservarlo.

—¿Conservar el qué, mamá? —preguntó Markie. Rourke lo había sacado del coche en cuanto Joceline entró en el apartamento.

Joceline se recriminó su falta de instinto maternal por dejar a Markie en el coche.

—Es sólo un diario, Markie. Quería comprobar que estaba en su sitio, nada más.

—¿Puedo leer?

—Cuando seas mayor.

—Vale.

Rourke la observaba fijamente con su único ojo. Aquel diario ocultaba algún terrible secreto que Joceline estaba dispuesta a defender a toda costa.

El resto del apartamento parecía intacto a primera vista, pero Joceline seguía igual de nerviosa. Alguien había tocado sus cosas e invadido su intimidad. Era como si la hubieran violado.

Le preguntó a Rourke si necesitaría instalar cerrojos nuevos y su respuesta fue tajante.

—Por supuesto. Los instalaré mañana. ¿Necesitas permiso de tu casero?

Ella negó con la cabeza.

—Ya se lo pedí una vez y me dio permiso por escrito. Pero hasta ahora no lo había hecho.

Rourke asintió, y pareció que Joceline bajaba la guardia por unos instantes.

—Nunca había tenido tanto miedo —confesó con voz temblorosa.

Los rasgos de Rourke se endurecieron.

—Cualquier ser humano tendría miedo por un niño —le dijo en voz baja, para que Markie no lo oyera.

Joceline se volvió hacia la pequeña televisión.

—Es hora del programa favorito de alguien, ¿no? —puso a Markie en su asiento relleno de bolitas frente al televisor.

—Me gusta mucho —dijo él, riendo, y enseguida se quedó absorto con los dibujos animados.

—Ya ha aprendido algunos caracteres japoneses sólo viendo esos dibujos animados —le dijo Joceline a Rourke—. Creo que se le van a dar bien los idiomas.

—¿Tú hablas algún idioma? —le preguntó él sin aparentar mucho interés.

La pregunta hizo reír a Joceline.

—Apenas sé hablar mi propia lengua.

—Entonces esa facilidad para los idiomas debe de haberla heredado de su padre o de alguien más en la familia.

Joceline se puso pálida.

—¿Tú crees? Será mejor que me asegure de que no se han llevado nada —volvió a sentirse abrumada por el incidente, pero intentó no mostrar su desasosiego para no asustar a Markie.

Se movió rápidamente de una habitación a otra y descubrió que se había equivocado al pensar que no habían tocado nada más. Había papeles desperdigados por el suelo, cajones ladeados y cojines levantados.

—¿Qué podían estar buscando?

—¿Qué papeles importantes guardas aquí, aparte de ese diario? —le preguntó Rourke.

Joceline se echó el pelo hacia atrás y miró angustiosamente a su alrededor.

—No mucho. Facturas y certificados de nacimiento.

—¿Están todos aquí?

Joceline fue a por la carpeta donde guardaba sus documentos personales. Miró en su interior y suspiró con alivio.

—Está todo —dijo con una risa nerviosa.

Rourke la miró con expresión pensativa. No iba a decirle que había muchas maneras de conseguir documentos sin necesidad de robarlos. Cualquier buen agente llevaba consigo una pequeña cámara, a menudo camuflada como un mechero o un bolígrafo. Y los candados de los diarios no suponían obstáculo. Hasta un principiante podía abrirlos sin dejar huellas.

Joceline frunció el ceño al ver su expresión.

—No seas tan fisgón.

—¿Estaba fisgoneando?

—Lo estabas pensando —lo acusó.

—Guapa, lista y además puede leer las mentes —bromeó. Ella se puso colorada.

—Vamos a dejarlo en «lista».

—Y reacia a los halagos. Tomo nota —le sonrió—. ¿Qué te parecería vivir en África?

—No voy a irme contigo a África ni a ninguna otra parte.

—Tengo una bonita casa en Kenia, con león domesticado y todo.

—¿Un león? ¿Tienes un león? —Markie se bajó de la silla y miró con admiración al hombre alto y rubio—. ¿Y podría acariciarlo?

—Podrías incluso montarlo —le aseguró Rourke con una amplia sonrisa—. Es muy manso. Lo adopté cuando era un cachorro, después de que los cazadores furtivos mataran a su madre.

—¡Qué pena…! —dijo Markie—. Si yo tuviera un león, le daría hamburguesas.

—No creo que a los vecinos les hiciera mucha gracia que tuvieras un león en casa.

—Hace unos años unos chicos de Inglaterra compraron

un cachorro de león y lo tuvieron en casa hasta que se hizo mayor —dijo Joceline, riendo—. Entonces lo soltaron en una reserva de África y seguían visitándolo. La gente les advertía que era un animal salvaje y que podía atacarlos, pero el león iba alegremente a su encuentro y se frotaba la cabeza contra ellos. Hasta los llevó a ver a su pareja —suspiró—. Me puse a llorar como una tonta cuando vi las imágenes por Internet, y envié un pequeño donativo a la fundación que se hizo cargo del animal.

—Los animales salvajes no son tan salvajes —aseveró Rourke—. Es una lástima que la gente los vea como un medio para conseguir beneficios.

—Estoy de acuerdo —dijo Joceline.

—¿Ves cuánto tenemos en común?

—Yo quiero ir a África a ver su león —anunció Markie—. ¿Podemos ir ahora?

—Problemas logísticos aparte, yo tengo que trabajar y tú tienes que ir al colegio mañana —le dijo Joceline en tono amable pero firme.

—Oh…. —se quedó pensativo unos instantes—. ¿Y el sábado?

Los dos adultos se echaron a reír.

—Los niños hacen que todo parezca muy sencillo —comentó Rourke cuando Markie volvió a su programa de televisión y Joceline estaba sirviendo dos tazas de café muy cargado. Se preguntó si su presupuesto alcanzaría para ofrecerles café a las visitas, y decidió que la próxima vez que volviera a Estados Unidos le llevaría una libra del mejor café de Sudáfrica.

—Sí, aunque para Markie es muy difícil. Tiene asma y sus pulmones son débiles. Siempre estamos visitando a los médicos.

—Hay vacunas para la alergia.

—Y se las pone —le aseguró ella—. Pero si se expone a los virus enferma con más facilidad que los otros niños.

—Es un chiquillo extraordinario —dijo él, mirándolo—. Lo cuidas muy bien.

—Gracias.

El diario yacía junto a su mano derecha. No lo había perdido de vista desde que lo sacó del cajón, y aunque no era asunto suyo, Rourke sentía curiosidad por los oscuros secretos que contenía.

—¿Qué vas a hacer con eso? —le preguntó, señalando el diario.

—Hacerlo pedazos y quemarlo —respondió ella inmediatamente—. Nadie debe leerlo nunca.

Rourke la miró entornando el ojo.

—Déjate de especulaciones, ¿quieres?

Él arqueó las cejas.

—Por Dios… Puedes decir mucho sin abrir la boca.

—Expresiones faciales —respondió él.

—¿Crees que volverán? —le preguntó ella con preocupación.

Rourke negó con la cabeza.

—O bien encontraron lo que buscaban o bien no estaba aquí.

A Joceline se le heló la sangre en las venas y volvió a mirar el diario. El candado estaba cerrado e intacto, pero entonces recordó lo que le dijo un agente sobre lo fácil que resultaba forzar una cerradura y fotografiar un documento.

—Joceline… —le dijo Rourke amablemente al ver su expresión de pánico—, ¿qué hay en ese diario que tanto te preocupa?

—El mejor chantaje posible si yo fuera rica —respondió ella—. Pero no lo soy y no logro imaginarme qué utilidad podría tener para alguien —aquello no era del todo cierto. La persona adecuada podría causar muchísimo daño con la información que contenía aquel pequeño cuaderno. Alguien como Monroe, por ejemplo…

—No tienes por qué preocuparte —la tranquilizó Rourke—. Veré lo que puedo averiguar. Tengo contactos por todas partes.

—No me preocupo por mí, pero no quiero que nadie más resulte herido.

—¿Y crees que eso es posible?

Ella tragó saliva antes de responder.

—Sí.

—«Qué complicada telaraña teje el que siempre engaña» —murmuró Rourke, aludiendo al famoso poema de Walter Scott.

—Y que lo digas —Joceline tomó un sorbo de su café, que se estaba enfriando—. Todos tenemos que tomar decisiones y vivir con las consecuencias.

—¿Crees que tomaste la decisión adecuada?

Ella sonrió.

—Tomé la única decisión que podía tomar —miró a su hijo, ajeno a todo salvo a los dibujos animados japoneses—. Y nunca me he arrepentido.

—Es un gran chico.

—Gracias.

—Tengo entendido que su padre murió estando de servicio… —lo dijo sin mirarla a los ojos.

—Estaba destinado en el extranjero con el Ejército.

—¡Qué triste!

—Mucho —se levantó—. ¿Más café?

—No, gracias —rechazó él, riendo—. Soy de naturaleza nerviosa y un exceso de cafeína podría tener efectos letales.

—Yo bebo demasiado café —confesó ella.

—Voy a ponerme con esas cerraduras —decidió Rourke, levantándose—. ¿Tienes que volver a la oficina mañana?

—Pues… la verdad es que no lo sé. Mi jefe no estará allí, y los únicos casos en los que estoy trabajando son sus…

El teléfono interrumpió sus palabras. Joceline se levantó y

fue a responder, pero dudó un momento antes de agarrar el auricular, como si temiera quemarse la mano.

—¿Diga?

Silencio.

—¿Diga? —repitió con un escalofrío.

Fuera quien fuera colgó.

Joceline se volvió hacia Rourke muerta de miedo. Él le quitó el auricular y marcó unos cuantos números. Escuchó un momento y habló.

—Sí... Y rápido. En menos de diez minutos quiero saber la marca de licor que bebe.

Joceline se quedó maravillada por lo autoritario y profesional que podía ser Rourke cuando no estaba haciendo el tonto.

—Has pinchado el teléfono —susurró.

—Sí. Fue lo primero que hice al venir.

Ella se mordió el labio.

—Me alegro de que hayas venido.

Él arqueó las cejas y un brillo de regocijo destelló en su único ojo.

—¿En serio? Puedo conseguir una licencia matrimonial en menos de una hora y...

—Ya vale —lo cortó ella—. No voy a casarme contigo.

—Pero conservo todos los dientes —protestó él—. Y aún no me han salido canas.

—¿Y qué?

—Que soy un buen partido. Además hablo seis idiomas, incluido afrikáans.

Joceline sacudió la cabeza y se fue a limpiar la cafetera.

Rourke instaló cerrojos y cerraduras en puertas y ventanas y también cortinas térmicas en todos los cristales. No le dijo a Joceline que un francotirador lo tendría muy fácil para hacer blanco desde el bloque de apartamentos que había enfrente. Ella jamás pensaría que alguien pudiera estar tan loco para disparar a una madre o a su hijo.

El diario seguía intrigándole. Salió a comer algo y aprovechó para hacer dos llamadas, pues a Joceline le daría un ataque al corazón si oyera el tema de la conversación.

Joceline no durmió bien. Se sentía incómoda con un hombre en casa, a pesar de que Rourke se había acostado enteramente vestido en el sofá.

La llamada anónima la había llenado de espanto. No tenía miedo por ella, pero sí por Markie. Había buenos motivos para mantener sus orígenes en secreto. Si fueran revelados, podrían suponer un peligro mortal para el pequeño.

Seguía dando vueltas y más vueltas en la cama. Jon se pondría bien. Kilraven estaba convencido de ello. Pero no podía sacarse de la cabeza la imagen de su rostro pálido, con los ojos cerrados y los labios manchados de sangre. Era un hombre tan fuerte y lleno de vida que verlo en aquel estado resultaba especialmente perturbador. Si moría, ella no sabía lo que haría. Las decisiones tomadas en el pasado volvían para acosarla. Tal vez no debería haber guardado ninguno de sus terribles secretos. En su momento le pareció la única solución, pero ahora…

Se levantó antes de que saliera el sol y fue a la cocina a preparar el desayuno, medio dormida y con ojos legañosos.

Rourke la vio en la cocina. Iba vestida con unos vaqueros y una camiseta. Lógicamente se cambiaría para ir a trabajar, pero por nada del mundo se pasearía en camisón con un hombre en casa.

—¿Tienes hambre? —le preguntó ella con una sonrisa.

—La verdad es que sí. ¿Hay cereales?

—¿Cereales? Nada de eso. Quiero que Markie vaya al colegio bien alimentado, así que le hago galletas y huevos con beicon.

—¿Galletas? —repitió él con gran asombro—. ¿Galletas de verdad?

—Sí —sacó una sartén de hierro fundido—. Las hago con esto —pasó los dedos por la superficie negra—. Perteneció a mi bisabuela. Es la única reliquia que conservo.

—Impresionante —dijo Rourke, realmente impresionado—. No había visto una de estas desde que era niño.

Ella sonrió.

—Evoca muchos recuerdos…

—¿Conociste a tu bisabuela?

—No. Murió antes de que yo naciera. Pero mi abuela me hablaba siempre de ella.

—¿Y tus padres?

Joceline tragó saliva.

—Mi padre murió hace años. Mi madre y yo no nos hablamos.

—Lo siento.

—Yo también. Me habría gustado que Markie tuviese a sus abuelos.

Rourke frunció los labios y vio cómo las hábiles manos de Joceline amasaban y cortaban la masa.

—Lo haces muy bien —observó.

—Tengo mucha práctica —dijo ella, riendo.

—Sabes cocinar, y sin embargo no haces café en la oficina.

—Es una cuestión de principios. Si empiezo a desempeñar labores así, acabarían consumiendo todo mi tiempo. Mi trabajo es muy exigente. Me paso casi todo el día al teléfono, haciendo contactos e intentando obtener información. Si rompiera mi ritmo de trabajo para ponerme a hacer café o servirlo a las visitas, perdería la concentración.

—Entiendo.

—A mi jefe le cuesta entenderlo —dijo ella con una pícara

sonrisa—. Pero con el tiempo ha aprendido a asumirlo —metió la masa de las galletas en el horno, precalentado—. Tenía muy mal aspecto —añadió con la mirada perdida.

—Es normal cuando se recibe un disparo —le dijo Rourke—. Pero sus heridas no eran gran cosa, comparadas a lo que podrían haber sido.

Joceline se giró para mirarlo.

—¿Crees que se pondrá bien?

—Pues claro.

Ella lo miró fijamente unos instantes.

—¿Te han disparado alguna vez?

Él asintió, muy serio.

—Dos veces. Una en el pecho y otra en la pierna. No fue nada agradable, te lo aseguro.

—Dicen que África es un lugar peligroso.

—Lo es, pero todo depende de adónde vayas. Hay violencia por todo el mundo.

—Supongo que sí.

—Yo soy de Sudáfrica, pero tengo una casa en Kenia, junto a una reserva de animales —su expresión se tornó nostálgica al hablar—. Tengo a una persona que se encarga de ella, pero echo de menos hacerlo yo. Paso mucho tiempo viajando. Mucho más del que me gustaría.

—Tienes una profesión muy peligrosa.

—No sabes a qué me dedico, cariño.

—Bueno, pero creo que podría adivinarlo…

—Y te equivocarías. No trabajo fuera de la ley.

—¡Vaya!

—No lo olvides.

Joceline se rio y meneó la cabeza.

Llevó a Markie a la escuela y le habló al señor Morrison de las amenazas de Monroe y el allanamiento de morada. El director se puso muy furioso porque alguien fuera capaz de amenazar a un niño y prometió que lo vigilarían muy de cerca.

A continuación, fue al hospital. Sabía que tendría que librar una batalla con Cammy Blackhawk para ver a Jon, pero estaba dispuesta a todo. No podría seguir adelante con su trabajo y su vida a menos que supiera por ella misma cómo estaba su jefe.

Entró en el vestíbulo y se acercó al mostrador de recepción para preguntar en qué habitación de la UVI estaba ingresado y si podía verlo. Se llevó una grata sorpresa al enterarse de que ya lo habían trasladado a planta, pues eso significaba que estaba fuera de peligro.

La habitación estaba en el segundo piso,. Estaba muy limpia e iluminada. Joceline se detuvo en el umbral, aferrando el bolso mientras esperaba la explosión de Cammy.

Jon giró la cabeza en la almohada y la vio. Sus negros ojos se iluminaron al reconocerla.

—Pasa.

Joceline miró insegura a su alrededor.

—No está aquí —le dijo él—. Se ha ido de compras con la asesora de moda.

Joceline se rio y se acercó a la cama.

—Me alegro de que estés mejor.

—¿Lo estoy? —preguntó él con una mueca.

—Si no lo estuvieras, seguirías en la UVI. He llamado a la oficina y me han dicho que no tengo que ir hoy. Les he dicho que iba a venir a verte. Todo el mundo te envía recuerdos, y algunos agentes de tu brigada vendrán a verte en cuanto se permitan las visitas.

—Trabajo con un grupo extraordinario —dijo él con una dolorosa espiración—. Cuando me den el alta me iré al rancho en Oklahoma. No podré trabajar durante un par de semanas. Es un lugar más bonito y seguro que este… Vas a venir conmigo.

A Joceline le dio un vuelco el corazón.

—¿Qué...?

—Tu hijo y tú. Rourke le ha contado a mi hermano lo ocurrido. No voy a permitir que te maten por mi culpa.

Las piernas de Joceline amenazaban con ceder.

—No puedo ir a Oklahoma —dijo rápidamente—. ¡Tendría que pedir una excedencia y sacar a Markie de la escuela!

—Ya le he pedido a Mac que se ocupe de esos detalles —movió la mano y puso una mueca de dolor.

—¡Pero...!

—No hay peros —la cortó él—. No estoy en condiciones de discutir.

Joceline se mordió el labio. Tenía muchas y buenas razones para que Markie no se acercara a aquel hombre, pero no podía alegarlas sin revelar una verdad inconfesable.

—El rancho está muy bien —dijo Jon—. A tu hijo le encantan los animales. Podría incluso montar a caballo.

—¡No!

—Joceline... Mac y yo montábamos en poni con sólo tres años. No dejaría que tu hijo se hiciera daño. Tenemos vaqueros especializados en el trabajo con niños discapacitados que vienen a montar al rancho.

—¿En serio? —preguntó, sorprendida. Nunca hubiera imaginado que las personas discapacitadas pudieran montar a caballo.

—Sí —se movió en la cama y volvió a hacer un gesto de dolor. Estaba enfermo, magullado y dolorido, y odiaba estar confinado en una cama de hospital. Era la primera vez en su carrera que sufría una herida de bala, y recordaba vívidamente el momento del disparo. Al principio no sintió dolor, tan sólo algo parecido a un puñetazo en la espalda. Entonces todo pareció transcurrir a cámara lenta, vio la acera subiendo hacia él hasta golpearlo en el rostro y sintió sangre en la boca.

—No deberías moverte —lo reprendió Joceline—. La herida podría abrirse.

—Ya tengo a mi madre para que me dé la murga. ¡No hace falta que me la des tú también!

Ella volvió a morderse el labio y sus mejillas se cubrieron de rubor.

—Lo siento —se disculpó rápidamente al tiempo que se santiguaba—. Te prometo que no lo haré más.

Jon no pudo evitar reírse a pesar del dolor.

—Sólo quería verte para comprobar que estabas bien.

—Me han disparado —espetó él—. ¡Claro que no estoy bien!

—Tampoco estás muerto.

Jon se hundió en la almohada y se tapó con la sábana y la manta.

—Me estoy helando… Quiero una manta de verdad y una colcha. ¡Y quiero irme a casa!

La enfermera asomó la cabeza por la puerta.

—Señor, ¿tendría la bondad de quejarse en voz más baja? —le pidió amablemente—. Hay un caballero en la habitación de al lado que ha sufrido una herida de arma blanca y está intentando dormir.

Jon la fulminó con la mirada y la enfermera desapareció.

—A tu madre le dará un ataque si me llevas a Oklahoma —dijo Joceline—. No puedo trabajar en una zona de guerra.

—Yo tampoco, pero ¿acaso tenemos elección? Rourke me dijo que alguien entró en tu apartamento y que recibiste una llamada anónima.

Joceline suspiró.

—Así es. Tuvimos que llamar a la policía. Markie estaba muerto de miedo, hasta que uno de los detectives le dio un chicle y se puso a hablar con él sobre los dibujos animados.

—No parece el típico detective.

—Era Rick Márquez —dijo ella, riendo—. Al parecer también conoce a Rourke.

—Todo el mundo en las fuerzas del orden conoce a Rourke o ha oído hablar de él —añadió Jon—. No quiero que te quedes sola en tu apartamento hasta que hayamos resuelto el caso. Es posible que Peppy estuviera implicado en el asesinato de mi sobrina. Si así fuera y estuviese ayudando a Monroe a liquidarme, no tendría escrúpulos a la hora de dispararle a otro niño —no le expresó su convencimiento de que Monroe jamás habría sido capaz de acertar con el disparo.

Ella supo a qué se refería y se puso completamente pálida.

—Visto así, me sentiría más segura en tu rancho. Supongo que al menos tendrás en nómina a un agente federal jubilado.

—Tenemos tres —corrigió él—, además de un ex matón.

Joceline lo miró con ojos muy abiertos y sin pestañear.

—Era joven y estaba en situación desesperada cuando hizo su primer trabajo —explicó Jon, riendo—. Lo engañaron para que lo hiciera, pero no disparó el tiro mortal. Aun así fue a prisión y pudo redimirse antes de convertirse en un criminal. De eso hace veinticinco años. Al salir de la cárcel necesitaba un trabajo, y como había trabajado con ganado mientras cumplía condena, decidí contratarlo para el rancho. Además, ya había hablado con él varias veces, cuando entrevistaba a los convictos en la cárcel.

Joceline seguía sin estar convencida.

—Lo entenderás cuando lo conozcas. Haré que nuestro avión privado os lleve a Markie y a ti mañana.

—Tu madre…

—Va de camino a París con la asesora estilística a ver la nueva moda de primavera. He prometido llamarla todos los días para hacerle saber cómo estoy. Nunca sabrá que estás allí.

—Deberías decírselo.

—Si lo hago, nunca llegarías a Oklahoma. Mi madre haría que el avión aterrizara en alguna isla perdida en medio del océano.

Joceline se rio.

—Está bien.

—Sólo serán unos días. Cuando vuelvas a casa, tendremos que arreglarlo todo para que Markie y tú estéis a salvo. Ya he hablado con el jefe para que me ayudes con algunos casos en el rancho.

Joceline odiaba aceptar ayuda, pero su situación económica así lo exigía. No podía poner a Markie en peligro.

—Todo saldrá bien —le garantizó Jon.

—Nada sale nunca bien del todo —respondió ella, pero sonrió de todos modos—. Me alegra que estés recuperándote —miró el reloj—. Ahora tengo que irme.

—El piloto te llamará esta noche. ¿Rourke se queda en tu casa?

—Sí. No se marchará por su propio pie y yo no tengo fuerzas para echarlo a patadas.

Jon sonrió.

—Es el mejor en lo que hace. Hazme caso.

—De acuerdo.

Jon le sostuvo la mirada unos instantes, y Joceline sintió una especie de descarga eléctrica por todo su cuerpo.

—Te veré mañana, Joceline —le dijo con una voz profunda, casi sensual.

Joceline respiró hondo para intentar calmarse.

—De acuerdo —repitió.

Él le sonrió.

—Gracias por venir a verme.

—Forma parte de mi trabajo —dijo ella—. Tomar notas, seguir pistas, actualizar el sistema de archivos online y venir a ver al jefe cuando un idiota le ha disparado —lo miró fijamente—. Pero no hago café.

Jon se limitó a sacudir la cabeza, pero el extraño brillo de sus ojos negros desconcertó de tal manera a Joceline que estuvo pensando en ello durante todo el camino a casa.

El avión era un jet de pequeño tamaño, pero la cabina era más lujosa que el mejor hotel que Joceline hubiera visto en su vida. Tenía todas las comodidades posibles, desde gruesas mantas con las que abrigar a Markie a servicio de bebidas y aperitivos.

—Debemos cubrir todas las necesidades de nuestros jefes cuando estamos en el aire —dijo el auxiliar de vuelo con una risita.

—El señor Blackhawk es muy amable por ofrecernos el avión —dijo Joceline—. Con mi coche, no llegaría a Dallas, mucho menos a Oklahoma.

El hombre se echó a reír.

—La entiendo. Antes de empezar este trabajo cualquier vehículo con menos de doscientos mil kilómetros me parecía flamantemente nuevo.

—El mío acaba de hacer ciento cincuenta mil kilómetros, pero es un modelo japonés y tiene un buen motor. Debería durarme unos cuantos kilómetros más.

—Seguro que sí. Eh, campeón —le dijo a Markie—, ¿has visto alguna vez la cabina del piloto?

—No —respondió Markie desde debajo de la manta.

—¿Quieres verla?

Markie se incorporó rápidamente.

—¿En serio?

—Claro —le sonrió y le tendió la mano—. Vamos.

Markie se marchó con el auxiliar y Joceline volvió a recostarse en el asiento. Las preocupaciones volvían a apoderarse de ella. Su vida había sufrido demasiados cambios en muy poco tiempo y ni siquiera podía manifestar sus temores para no asustar a Markie. Tenía miedo de quedarse en casa, pero tenía aún más miedo a ir al rancho de la familia Blackhawk. Siempre había mantenido al Markie al margen de su trabajo, de su jefe y de la familia de este, por lo que aquel viaje prometía ser difícil y embarazoso. Pero se consoló con la certeza de que sólo serían unos días. Nadie se pondría a indagar en su pasado en tan corto periodo de tiempo.

Cerró los ojos. Últimamente no dormía bien. La imagen del rostro pálido y ensangrentado de Jon seguía acosándola sin descanso. Pensar que podría haber muerto sin llegar a saber que…

Apartó aquel pensamiento. Jon jamás lo sabría. Ella había tomado esa decisión y tenía que asumir las consecuencias, por duras que fueran.

—¿Señorita?

Oyó que la llamaban a través de una neblina. Montaba a lomos de un elefante y llevaba un rifle para cazar búfalos. Iba vestida con pieles de ante y sombrero de ala ancha y flexible, y le gritaba algo a alguien llamado McDuff.

Abrió los ojos y salió del sueño, riendo.

—¿Algo que comió, tal vez? —le preguntó el auxiliar con un brillo en los ojos.

—Seguramente… Y menuda indigestión —se incorporó en el asiento—. Estaba soñando con un elefante y llevaba un rifle Sharps del calibre 50 para cazar búfalos —sacudió la cabeza—. Supongo que fue por el relato que he estado leyendo sobre una batalla de Quanah Parker.

—¿Se refiere a la batalla de Adobe Walls, en la que los comanches liderados por Quanah Parker se enfrentaron a un puñado de cazadores de bisontes armados con esos rifles y fueron derrotados?

Joceline le sonrió.

—La misma. Ese Quanah Parker era todo un personaje.

El auxiliar asintió.

—Su madre era blanca y fue hecha prisionera por los comanches y obligada a casarse con el jefe de la tribu. Los blancos la liberaron y se la llevaron por la fuerza a casa, pero ella se sentía una comanche e intentó escapar una y otra vez, sin conseguirlo, hasta que murió.

Joceline meneó la cabeza.

—Amaba a su marido comanche, y él nunca volvió a casarse. La gente siempre intenta imponer su voluntad a los demás —sonrió—. Hay cosas que nunca cambian.

—Y nunca cambiarán. Estamos a punto de aterrizar. Su hijo se durmió en cuanto volvió de la cabina —señaló con la cabeza a Markie, que dormía plácidamente bajo las mantas.

—Hemos tenido unos días muy movidos. Ninguno de los dos hemos podido dormir mucho.

—El rancho es un lugar perfecto para descansar —le dijo el auxiliar—. Está en el campo, lejos de la ciudad y del tráfico. Sólo se oye el ladrido de los perros y los bramidos del ganado.

—¿Tienen perros? —preguntó Markie de repente, apartando las mantas.

—Claro —le respondió el auxiliar con una sonrisa—. Pastores alemanes.

—Oh, cielos —dijo Joceline. Aquellos animales tenían fama de ser muy agresivos.

—Sé lo que está pensando, pero esos perros no le harían

daño ni a una mosca… a menos que alguien de la familia sea atacado. Ya lo verá por usted misma cuando lleguemos.

—Me gustaría tener un perro —dijo Markie, mirando a su madre.

—En cuanto nos compremos esa mansión en Francia, te regalaré un perro —respondió ella, muy seria.

—¿Vamos a vivir en Francia? —exclamó el niño—. ¿Cuándo?

Joceline suspiró e intentó explicarle el concepto de sarcasmo.

Un gran todoterreno Lincoln los esperaba en la pista de aterrizaje. Lo conducía un viejo vaquero con ojos azules y brillantes y una radiante sonrisa bajo un bigote canoso.

—¿Señorita Perry? Soy Sloane Callum, el chófer y el manitas del rancho. El señor Blackhawk me envió para recogerlos a usted y al niño.

—Encantada de conocerlo —dijo ella mientras le estrechaba la mano.

—Así que es usted la secretaria de la que tanto hemos oído hablar —exclamó él mientras cargaba el equipaje en el vehículo.

Joceline sonrió y no intentó corregirlo. Para la gente mayor, una asistente jurídica era lo mismo que una secretaria.

—Espero que no todo fueran cosas malas.

—Yo también odio hacer café —le confesó con una mueca mientras veía cómo ataba a Markie en el asiento trasero—. Es una lástima que los hijos tengan que viajar en el asiento de atrás.

Joceline lo miró con asombro.

—Cuando mi hijo era pequeño —explicó él—, siempre viajaba en el asiento delantero de la camioneta, y yo podía revolverle el pelo e indicarle cosas sin que me diera tortícolis.

—Eso fue antes de los airbags. Ahora es muy peligroso que un niño pequeño se siente delante.

—Si quiere saber mi opinión, y poca gente quiere —sonrió—, creo que el gobierno se entromete demasiado en nuestras vidas. No se puede legislar la moralidad o la seguridad, y sin embargo lo intentan hacer a toda costa. ¡Ya se ven vaqueros con casco para montar un maldito caballo!

Joceline reprimió una risita. Le hacía gracia la forma de expresarse que tenía aquel viejo tan entrañable.

—No me haga mucho caso… Soy un animal prehistórico y no encajo en ninguna parte —le abrió la puerta del coche—. ¿Lo ve? Aún les abro la puerta a las damas.

—Me gusta —le dijo ella con una sonrisa sincera—. Me recuerda a Jack Palance en aquella película por la que ganó el Óscar. Me pareció muy conmovedora la manera con que protegía a la joven.

Él arqueó las cejas y su sonrisa se ensanchó aún más.

Joceline se puso el cinturón de seguridad mientras él rodeaba el vehículo para sentarse al volante. Había una nota pegada al espejo retrovisor y Sloane lo giró para que Joceline pudiera leerla.

—«Abróchate el maldito cinturón de seguridad y deja de despotricar contra las normas del gobierno» —soltó una fuerte carcajada—. ¿Quién ha escrito esto?

—Su jefe —arrancó el motor y puso el coche en marcha—. Tuvimos una gran discusión cuando vine a trabajar aquí, y perdí.

—Es lo que suele pasar cuando alguien discute con él.

Sloane soltó un profundo suspiro.

—Lamento la situación que están viviendo —le dijo mientras miraba a Markie por el espejo retrovisor. El niño tenía la cara pegada a la ventanilla y miraba al ganado que se veía a lo lejos—. Hay que estar muy enfermo para amenazar a un niño.

—Sí —afirmó ella—. Fue muy duro verse en esta situación. No quiero decir que no me preocupe por el jefe. Al fin y al cabo, él ha sido el único al que han disparado.

—Si hubiera estado aquí, eso no habría ocurrido —declaró el viejo vaquero—. Lo sigo a todas partes cuando está en el rancho, sin que él lo sepa. Conozco las amenazas que reciben los agentes federales, y nadie podría acercarse al jefe en mi presencia.

—Eso me tranquiliza bastante —Joceline sonrió—. Seguro que es aficionado a la caza.

—Desde luego. Y de animales también —añadió enigmáticamente.

Joceline ahogó un gemido de asombro al ver la casa del rancho. Era una mansión enorme, con verjas de hierro fundido que se abrían automáticamente. A mediados de noviembre nada florecía en los campos, pero Joceline vio docenas de árboles alineados a lo largo del camino de entrada y rodeando el patio de estilo español con su suelo de piedra y su gran fuente en el centro. Al levantar la mirada se sorprendió al ver un hombre con un rifle en el balcón.

—Es un guardaespaldas —le dijo Sloane—. Tenemos tres, que se van rotando. Antes sólo había uno de vez en cuando, pero desde el ataque al jefe aumentamos las precauciones.

—No es mala idea.

—Aquí estará a salvo, señorita Perry —le dijo amablemente—. No tiene que preocuparse por nada. Usted y su hijo no correrán el menor peligro.

—Gracias.

Sloane aparcó junto a la puerta, donde el camino semicircular bordeaba otra fuente. Salió del coche y ayudó a bajarse a Joceline y a Markie.

—¡Mira la fuente! —exclamó Markie, corriendo hacia ella para encaramarse al banco de piedra—. ¡Y hay peces de colores!

—Carpines dorados —dijo el vaquero—. En la parte de atrás, hay un estanque japonés con peces enormes de todos los colores. Hay hasta uno amarillo con ojos azules.

—¿Puedo verlo? —preguntó Markie.

—Ahora no —dijo Joceline—. Primero tenemos que ir a ver al jefe e instalarnos.

—Vamos, jovencito —el viejo vaquero le sonrió y sacó el equipaje del coche.

—¡Es todo muy bonito! —exclamó el niño, lleno de entusiasmo—. ¡Mira los árboles! ¡En nuestra casa no tenemos ningún árbol! ¡Y mira el perro! —echó a correr hacia un pastor alemán de gran tamaño y aspecto temible.

—¡No, Markie! —chilló Joceline.

—*Dieter, freund!* —gritó el vaquero en un alemán fluido—. *Ja, ja, freund. Das iste in braver hund!*

Joceline lo miró boquiabierta antes de correr junto a Markie.

Pero el perro no hizo ademán de atacar ni gruñir. Al contrario; se acercó lentamente a Markie y se sentó frente a él para que el niño pudiera acariciarlo.

—Le encantan los niños —le dijo Sloane a Joceline—. Dieter es tan viejo como yo —añadió, riendo—. Mire sus corvejones, casi rozan el suelo. Los pastores alemanes tienen las patas traseras fuertes y firmes.

Joceline observó que, efectivamente, los miembros del animal lo acercaban excesivamente al suelo. Aun así era un ejemplar precioso, con un reluciente pelaje negro y canela, y parecía muy contento con las atenciones de Markie.

—Le ha hablado en alemán —le dijo a Sloane.

—Sí. Todos nuestros perros están entrenados para responder a ese idioma —no añadió que había una orden de ataque en alemán que sólo conocían el adiestrador y los vaqueros de más confianza. No se podía usar salvo en casos de extrema gravedad, ya que los perros podían matar a un intruso al ser azuzados. En una ocasión un asesino intentó entrar en la casa. Fue detenido y llevado a prisión, con una parada en el hospital para coserle las heridas.

—¿Y si un intruso les hablara también en alemán?

—No le harían caso. Sólo responden a nuestras voces.

—Me cuesta creer que sea tan tolerante con Markie.

Sloane sonrió.

—Con su tamaño y su fuerza, sería una locura no adiestrarlos para que acepten a la familia y los amigos.

—Estoy totalmente de acuerdo.

—Vamos adentro.

Markie protestó por tener que separarse de Dieter, pero Sloane permitió que el perro también entrase en la casa. El animal caminaba pegado a Markie, como si ya se hubiera establecido un vínculo especial entre ellos.

—¡Dios mío! —exclamó Joceline al fijarse en la actitud del perro.

—Le gustas —le dijo Sloane a Markie.

—A mí también me gusta —respondió Markie con gran excitación mientras le acariciaba la cabeza al perro.

El interior de la casa era amplio y estaba elegantemente amueblado con cómodos sillones, macetas y cuadros. La combinación de colores abarcaba desde el tono canela al verde, con toques dorados en los tapizados y cortinas. También había una gran chimenea de piedra, encendida, pues hacía frío.

—¡Una chimenea! —exclamó Markie—. ¿Puedo sentarme junto a ella?

—Sin mí, no —le prohibió su madre—. Vamos a deshacer el equipaje antes de hacer nada, ¿de acuerdo, jovencito?

Markie suspiró con resignación.

—Vale.

El viejo Sloane los llevó a una habitación tan grande como el apartamento donde vivían.

—Es la habitación de invitados. Hay otra más pequeña

cruzando el cuarto de baño, por si quiere que su hijo tenga su propio cuarto. De todos modos, en esta hay dos camas de matrimonio.

Joceline no salía de su asombro.

—Mi apartamento cabría aquí.

—Y también mi cabaña —dijo él, riendo—. Pero con los años me he acostumbrado a los sitios pequeños y acogedores…

Joceline le sonrió mientras él dejaba el equipaje en el suelo.

—Gracias por todo.

—Oh, no hay de qué —miró a Markie—. Es agradable volver a tener a un niño en la casa.

—¿Hubo más niños aquí? —preguntó ella con el ceño fruncido.

—La hija pequeña de Kilraven pasó algún tiempo en el rancho —su rostro se endureció—. Dicen que uno de los criminales consiguió eludir la justicia… el mismo que disparó al jefe y que la amenazó a usted. No podrá acercarse a este lugar, y si descubro que los rumores son ciertos, haré que lamente haber nacido. Era una niña preciosa… —la voz se le quebró y apartó la mirada. Durante unos segundos la expresión de sus ojos era tan feroz que ponía los pelos de punta—. La habitación del jefe está dos puertas más allá, por ahí —señaló la dirección en el vestíbulo—. La está esperando —sonrió—. Es un placer tenerla aquí, señorita… Y a ti también, jovencito —le dijo a Markie—. Más tarde te enseñaré los caballos, si a tu madre no le importa.

—Claro que no —le aseguró ella.

—Puede que luego sí le importe —dijo él—. Pero no tema ofenderme, porque no lo hará —añadió con una amable sonrisa—. No me conoce.

Se tocó el ala del sombrero y se alejó, haciendo tintinear sus espuelas de camino a la puerta. Dieter se levantó y se fue tras él.

—Dieter —lo llamó Markie.

—Deja que se vaya —le dijo su madre—. Puede que sea un perro de trabajo.

—Oh, entonces vale —aceptó el niño—. ¿Vamos a ver al señor Blackhawk ahora?

—Sí.

Echó a andar por el pasillo y se detuvo ante la puerta abierta.

—¿Joceline?

Era la voz de Jon, y la forma con que pronunciaba su nombre le provocó una sensación dulce y extraña.

—Sí, soy yo.

Entró, llevando a Markie de la mano. No por proporcionarle seguridad a su hijo, sino a sí misma. Jon estaba incorporado a medias en la cama, llevaba un pijama de seda color burdeos, desabotonado en el pecho, y el pelo suelto y alborotado. Miró a Markie y sonrió.

—Hola.

—Hola —respondió Markie, acercándose a la cama—. Siento que te hayan disparado.

—Sí, yo también.

—Me gustan mucho tus perros, y también tus peces.

—Gracias.

—Y a Dieter le he caído muy bien.

—No me extraña —dijo Jon—. Le gustan mucho los niños. Lo trajimos de Alemania y fue nuestro primer perro reproductor. Ha engendrado varias generaciones de cachorros.

—Es precioso —dijo Joceline—. Y me sorprendió lo manso que es.

Jon le sonrió y cambió de postura con un gesto de dolor.

—Es muy manso, hasta que debe ser agresivo.

—Supongo que las medidas de seguridad son muy necesarias aquí también.

—He recibido varias amenazas a lo largo de los años. Pero al menos no tengo que comprobar si me han puesto una bomba debajo del coche.

—Tu hermano es único para atraer los problemas.

—Y al parecer debe de ser algo contagioso —alargó el brazo y pulsó un botón junto a la cama—. Megs, ¿puedes venir un momento, por favor?

Una voz suave y femenina respondió por el interfono, y dos minutos después una mujer menuda de piel morena, con el pelo largo y negro y los ojos marrones, entró en la habitación secándose las manos en un delantal blanco. Se detuvo al ver a las visitas y esbozó una amplia sonrisa.

—Bienvenidos —dijo en un inglés con acento—. Sabía que iban a venir, así que he preparado algo muy especial para cenar. Me han dicho que le gusta el sushi.

Joceline ahogó un gemido de asombro.

—¿Cómo lo sabe? —era su pasión secreta y no podía permitírsela muy a menudo.

—Yo se lo dije —confesó Jon, sonriendo—. Una vez viniste a comer con Mac y conmigo, hace meses. Nunca había visto a nadie disfrutar tanto con un plato de pescado.

—Me encanta —admitió ella, pero sin añadir que su economía no estaba para muchos caprichos. El sushi era extremadamente caro.

—Uno de nuestros hombres fue cocinero de sushi antes de decidir que quería ser vaquero —explicó Jon—. Envié a Megs a que lo contratara. Nos llega pescado fresco de California para que él pueda cortarlo a su gusto.

—Gracias —dijo ella sinceramente.

—Es un placer. Y sólo es una pequeña compensación por hacerte venir hasta aquí.

—No me ha importado —protestó ella.

—El sushi es pescado crudo —comentó Markie con una mueca de desagrado.

—Sí, pero nuestra cocinera también hace palitos de pescado con patatas fritas —murmuró Jon con un brillo en los ojos—. He oído que a alguien le encantan.

—¡A mí! —gritó Markie con alborozo—. ¡Y con mucho kétchup!

Los adultos se echaron a reír.

—También estoy haciendo galletas —dijo Megs—. ¿A su hijo le gustaría venir a ayudarme a la cocina? Puede probar las galletas, si a usted no le importa…

—Oh, por favor, por favor, ¿puedo? —le suplicó Markie a su madre, abrazándose a sus piernas y mirándola con sus conmovedores ojos azules—. Por favor…

—De acuerdo —concedió ella, y lo levantó para besarlo en su sonrosada mejilla.

—¡Mamá! —protestó él, retorciéndose para que lo soltara.

—Que te diviertas —le dijo ella mientras Markie seguía a una risueña Megs—. Es muy simpática —le comentó a Jon cuando se quedaron solos—. Igual que todo el mundo aquí, especialmente el vaquero al que enviaste para recogernos. Sloane Callum.

—Ah, sí. ¿Te ha gustado?

—Mucho. Se ha ofrecido para enseñarle a montar a Markie —frunció el ceño—. Pero dijo que no se ofendería si yo no estaba de acuerdo. Me pareció extraño.

Jon se rio.

—A muchas personas no les gusta tenerlo cerca. Él lo sabe y no se ofende por ello. De vez en cuando se enzarza en una discusión con Cammy. Los dos son muy testarudos.

—Me dijo que cazaba, y añadió que también cazaba animales.

—Pasó algún tiempo en prisión por cazar hombres.

Joceline abrió los ojos como platos.

—¿Era él? ¿El matón del que me hablaste?

Jon asintió.

—Era muy joven y su madre se estaba muriendo de cáncer. Empezó a frecuentar malas compañías y poco a poco se vio obligado a hacer cosas que jamás debería haber hecho, hasta acabar en prisión. Tras cumplir su condena inició un programa de rehabilitación y terminó aquí. Lleva más de diez años con nosotros.

Joceline estaba impresionada.

—¿Y en todo ese tiempo no ha tenido ninguna mancha en su historial?

Jon hizo un mohín con los labios.

—Intentó ir tras Jay Copper cuando se enteró de que había ordenado el asesinato de la mujer de Mac y de su hija Melly. Le tenía mucho cariño a Melly. Él también tenía un hijo, ilegítimo. Su novia lo abandonó cuando lo metieron en la cárcel.

—¿Y qué le pasó a su hijo?

—Nadie lo sabe. Sloane intentó dar con él, pero no creo que lo buscase de verdad. Temía que el chico no quisiera conocerlo.

Joceline no dijo nada. No sabía cómo se sentiría ella si descubriera que su padre había sido un matón a sueldo.

—Esta casa es enorme —comentó para cambiar de tema.

—Demasiado. Mi madre no hace mucha vida social, salvo cuando intenta casarme. Entonces no para de celebrar fiestas y de invitar a una candidata cada semana.

—Lo siento.

—No te imaginas lo difícil que resulta esconderse en este rancho… Mi madre ya conoce todos mis escondites, y eso me obliga a quedarme en San Antonio casi todo el tiempo para escapar de ella.

—Seguramente quiera tener más nietos —observó ella sin mirarlo a los ojos.

—Puede ser muy pesada. Lamento que fuera tan grosera contigo. También lo fue con la mujer de Mac, pero Winnie consiguió bajarle los humos. Mi madre la sigue criticando, pero ya lo hace con afecto.

—Winnie es muy simpática.

—Mucho —Jon la observó con ojos entornados—. Tú también lo eres. Te has tomado muchas molestias para venir a trabajar aquí.

—No podías ir a la oficina —señaló ella.

—No, no podía. Pero lamento que tuvieras que sacar a tu hijo de la escuela.

—Hablé con los profesores y todos entendieron la situación. No pasa nada. Markie se pondrá al día sin problemas. Es muy inteligente.

—Creo que le gustará esto. Hay muchas cosas que un niño puede hacer, y parece que le encantan los animales.

—Así es. Siempre me está pidiendo un perro. Pero vivimos en un apartamento donde no se permite tener animales —pensó en su casa y se estremeció al recordar el allanamiento de morada.

—Uno de los motivos por los que insistí en traerte aquí fue el intento de robo en tu casa y la llamada posterior —dijo él de repente, como si le hubiera leído el pensamiento—. Odio que te hayas visto envuelta en esto, pero aquí podemos protegeros a ti y a tu hijo.

A Joceline la sorprendió y conmovió su comentario.

—Gracias. Pero ambos trabajamos en una agencia de seguridad nacional y sería iluso pensar que no hay riesgos.

—Esos riesgos no deberían alcanzar a tu hijo.

—Antes era una ingenua y pensaba que nadie sería capaz de hacerle daño a un niño —respiró profundamente—. Por eso me asusté tanto cuando entraron en mi apartamento. Markie es todo lo que tengo en el mundo, y no soportaría que le pasara algo.

Jon frunció el ceño.

—Dijiste que tu… que el padre de Markie murió en el extranjero.

Joceline desvió la mirada.

—Sí.

—¿Lo querías?

Ella se mordió el labio.

—Mucho.

Una extraña expresión cruzó el atractivo rostro de Jon.

—Lo siento.

—Fue una tragedia… en muchos aspectos.

—¿Crees que te habrías casado con él?

Joceline hundió las manos en la tela de los vaqueros.

—Él no sentía lo mismo por mí.

—Pero debía de sentir algo, o no hubieras tenido a Markie —observó Jon, y enseguida se arrepintió del lapsus.

Joceline tragó saliva con dificultad y volvió a mirarlo. Tenía la cara muy pálida.

—Por favor. Para mí es muy difícil hablar de algo tan personal… ¿Podemos cambiar de tema?

Jon arqueó una ceja.

—He oído que en China hay un restaurante donde los robots te llevan la comida a la mesa.

A Joceline se le escapó una carcajada.

—¿Qué?

—Lo leí en Internet.

—Internet ha revolucionado el mundo de la información.

—Desde luego. ¿Cómo se llamaba tu novio? —le preguntó inesperadamente.

—¡Señor Blackhawk!

—Jon, por favor. No estamos en la oficina —su mirada la recorrió con una extraña intensidad—. ¿Cómo te llama a ti la gente?

—¿Señor?

—¿Cómo te llama a ti la gente? —repitió—. Seguro que tienes amigos, familia…

—Solo vive mi madre, y no nos hablamos. Perdí el contacto con mis amigos del instituto. Tenía una amiga cuando me preparaba para ser asistente jurídica, pero se casó y se mudó a California.

—Tendrás algún apelativo —insistió él.

Ella se mordió el labio.

—Vamos. Dímelo.

Joceline se removió incómoda en el asiento, respiró hondo y lo confesó.

—Rocky.

—¿Cómo has dicho?

—Rocky.

—¿Te importaría explicarme por qué te pusieron ese apodo?

—Una vez le di una paliza a una chica en el colegio por echarme zumo de uva en mi falda nueva.

Los ojos de Jon destellaron.

—Rocky… Me gusta.

—Será mejor que vaya a buscar a Markie. ¿Cuándo quieres empezar a trabajar?

—Por la mañana. Necesitas tiempo para descansar del viaje y acomodarte.

Joceline se dirigió hacia la puerta.

—En ese caso, te veré más tarde.

Él sonrió.

—Por supuesto… Rocky.

Ella se puso colorada y salió rápidamente de la habitación.

Markie no tardó en enamorarse de Megs, como era natural. La seguía a todas partes mientras alababa sus galletas, la casa y los animales. Junto a la chimenea, había acurrucado un gran gato persa de color blanco que permitió que Markie se lo pusiera en el regazo. También había un gato atigrado, que guardó las distancias.

Joceline estaba gratamente sorprendida por la hospitalidad que le brindaba el personal. Tendría que cambiar su opinión sobre la gente rica, aunque no creía que Cammy Blackhawk se mostrara muy hospitalaria si supiera que la «secretaria» de Jon estaba pasando una temporada en el rancho.

—A Markie le encanta la cocina —le dijo a Jon mientras él le dictaba los correos electrónicos que había que enviar a varias agencias.

Jon se rio. Aún tenía el cuerpo dolorido y dormía más de la cuenta, pero día a día se iba recuperando.

—Megs está desesperada con mis hábitos alimenticios. No me gustan las comidas copiosas, pero a ella le encanta cocinar.

Ella lo observó por encima del ordenador portátil.

—Aún estás muy pálido.

Él se encogió de hombros, un leve movimiento que bastó para causarle dolor.

—Si hubieras recibido una bala, entenderías por qué.

—Me alegró de que vayas a ponerte bien —le sonrió y sus ojos se iluminaron—. No me gustaría nada tener un nuevo jefe.

Él también le sonrió y se deleitó con la imagen de su rostro. Estaba preciosa cuando sonreía. Le gustaba el color y la espesura de sus cabellos. Su largo y esbelto cuello y los pechos pequeños y turgentes que se adivinaban a través de su jersey azul claro. Frunció el entrecejo al recordar algo, un destello inesperado en su memoria.

—Tienes un lunar en las costillas…

Joceline ahogó un gemido y se puso colorada. Jon carraspeó, incómodo, y sacudió la cabeza.

—Debo de haber perdido el juicio… ¿Cómo iba a saber algo así?

A Joceline casi se le cayó el pequeño portátil al suelo.

—Lo siento —se disculpó él—. Lo siento, de verdad. No sé por qué lo he dicho.

—No pasa nada —balbuceó ella con una risa forzada—. Debe de ser un efecto secundario de la anestesia, que te hace hacer y decir cualquier cosa.

—Sí, seguramente sea eso —aceptó él, pero sin sonreír. Sentía una punzada en la conciencia al mirarla, y no entendía por qué.

Joceline siempre le leía a Markie un cuento en la cama. Su favorito era *Huevos verdes con jamón*, del Dr. Seuss.

—Yo nunca comería huevos verdes —murmuró el chico con una mueca de asco.

—Entre tú y yo… Yo tampoco —le confesó ella.
Markie le sonrió.

—Me gusta este sitio. Megs hace galletas muy ricas.

—Es verdad. A Megs le sale todo riquísimo.

—Ojalá pudiéramos quedarnos aquí —suspiró—. Tienen caballos. Yo quiero montar a caballo.

—Ya lo veremos. Pero ahora vamos a acabar el libro. Tienes que dormir si quieres levantarte temprano para ayudar a Megs a preparar el desayuno.

—Va a hacer galletas.

—Eso he oído.

—Me gusta cuando tú haces galletas. No haces nunca de comer. Sólo el desayuno.

—No tengo tiempo, cariño —era muy difícil explicarle su trabajo a un niño. Normalmente estaba tan cansada al llegar a casa por la noche que se limitaba a descongelar la comida que había preparado el fin de semana, cuando se dedicaba a cocinar y dividir las raciones para el resto de la semana. De esa manera se aseguraba de que tanto ella como su hijo siguieran una dieta equilibrada.

—Me gustan tus galletas.

—Gracias —se inclinó para besarlo.

—Siento que le dispararan a tu jefe. Me gusta mucho.

—A mí también. Y ahora vamos a acabar de leer.

Acabado el cuento, arropó y besó a Markie y apagó la luz. Dejó la puerta entreabierta para poder oírlo, ya que a veces tenía pesadillas y a ella no le gustaba perderlo de vista, por mucho que la acusaran de protegerlo demasiado. Su hijo sufría problemas de salud.

Volvió a su dormitorio y se dejó caer en un sillón. En las últimas horas había estado tan ocupada que no había tenido tiempo para preocuparse por que hubieran entrado en su casa, pero a oscuras no podía olvidarlo. Había quemado el diario, como había dicho que haría. No tenía sentido conservarlo. Su único propósito era recordarle el episodio más doloroso y patético de su vida, y la información que contenía podría ser devastadora, no sólo para ella misma, sino también para personas inocentes si alguna vez salía a la luz. Era mucho más seguro destruirlo que arriesgarse a que se revelaran sus secretos.

Pero el inesperado arrebato de Jon la había alarmado. Había leído mucho sobre las drogas psicotrópicas, pero no sabía gran cosa sobre la memoria. Jon no debería haber recordado nada. Y quizá a un nivel consciente no lo hubiera hecho, pero al estar en casa, en su cama, con ella a su lado, tal vez se hubiera abierto un resquicio en algún oscuro rincón de la memoria. La posibilidad era inquietante. Tanto, que había sido imposible no reaccionar de manera exagerada.

Se cruzó de brazos sobre el pecho y cerró los ojos. Se había prometido que nunca revelaría la verdad, ni siquiera bajo tortura. Pero ¿y si Jon seguía recordando cosas? ¿Y si no había sido una mera casualidad y estuviese recuperando la memoria?

Se incorporó y se dobló por la cintura. La vida no podía ser tan cruel. Después de todo por lo que había pasado no se merecía acabar así. Se levantó y se puso a andar por la habitación, preguntándose qué haría si Jon lo recordase todo. Sería la peor pesadilla imaginable. Y en cuanto a la familia de Jon…

—Ya basta —se ordenó a sí misma en voz baja—. Estás haciendo una montaña de un grano de arena.

Soltó una carcajada histérica, se puso el pijama y se metió en la cama.

Y sorprendentemente, se durmió.

—Deberías desayunar algo más que eso —la reprendió Jon mientras ella se terminaba un delicioso cruasán casero y se sentaba junto a la cama, dejando la taza de café en la mesita.

—Normalmente preparo el desayuno para Markie, pero yo no como mucho —dijo a modo de disculpa—. No tengo tiempo.

—Megs dice que tu hijo come como un caballo —se rio y ella sonrió.

—Siempre está hambriento, según él.

—Le hizo un dibujo a Megs. Debería recibir clases de pintura… Tiene un gran talento.

—Sí, eso creo yo también.

—Esas clases podrían correr de mi cuenta —sugirió él, achicando los ojos.

Joceline se estremeció visiblemente.

—Puedo arreglármelas yo sola.

—¿Por qué estás tan nerviosa? En el trabajo no eres así.

Ella tragó saliva.

—No estoy acostumbrada a estar contigo fuera de la oficina.

—No, no es por eso —dijo él seriamente—. Es algo más.

Joceline sintió mariposas revoloteando en el estómago.

—Señor Blackhawk…

—Jon —la corrigió él en tono amable.

—No puedo…

Él le tendió una mano sin apartar la vista de su rostro.

—Ven aquí, Joceline —su voz era amable y suave y le provocó un hormigueo por toda la piel.

Debería ignorarlo. Fingir que no lo había oído…

Dejó el portátil en la mesa junto a la silla y fue a sentarse en la cama al lado de Jon. Él la rodeó con el brazo y la examinó con enervante curiosidad.

—Durante varios años hemos dado vueltas en torno al tema. Nunca me contaste lo que sucedió aquella noche que fuimos a la fiesta de la hija del diplomático.

Ella se mordió el labio.

—Sufriste los efectos de una droga psicotrópica muy poderosa…

—Sí, eso ya lo sé —la cortó él con impaciencia—. Pero ¿qué ocurrió?

—Te… te pusiste muy enfermo y te llevé al hospital.

—Antes fuimos a tu apartamento —insistió él—. Me

acuerdo de eso. Me acuerdo de que me ayudaste a meterme en la cama. El resto es muy confuso, pero debe haber una razón por la que sepa lo de tu lunar, Joceline.

Ella intentó apartarse, pero él no se lo permitió.

—Te… te descontrolaste un poco —le confesó con una sonrisa nerviosa.

—¿Sexualmente hablando?

Joceline carraspeó con gran dificultad.

—Sólo un poco…

Jon tiró de ella y Joceline cayó sobre su pecho, desnudo, con una mano a cada lado de su cabeza.

—¡Cuidado! ¡Te abrirás la herida!

—Descuida —dijo él, fascinado al verla a una distancia tan corta. Los ojos de Joceline brillaban con destellos verdes. Su boca era perfecta y delicada. Su nariz, recta y con una diminuta línea de pecas. Sus cabellos eran espesos y suaves, con un ligero matiz carmesí—. Eres preciosa —murmuró en voz baja y profunda mientras le acariciaba el pelo.

—No… no lo soy —se rio, nerviosa.

—Eres preciosa —repitió él. Llevó la mano hasta su nuca y apretó los dedos para acercar el rostro al suyo—. No tengas miedo… Son solamente los efectos secundarios de la anestesia…

Sus labios, firmes y carnosos, cubrieron la boca de Joceline en un beso lento y suave, pero imparable. Joceline acabó cediendo y abrió los labios con un débil gemido de rendición. Él se dio la vuelta y un gruñido de dolor escapó de su garganta, pero siguió girándose, sin despegar la boca de Joceline, hasta que la tuvo tendida de espaldas. Entonces deslizó la mano bajo su suéter, pasó sobre uno de sus pechos y tocó aquel lunar que nunca había visto pero que sabía que estaba allí.

Introdujo el dedo pulgar bajo el sujetador y acarició la suavidad de su pecho mientras seguía devorándole la boca en el acalorado silencio de la habitación. Encontró el cierre del sujetador a la espalda y lo abrió con un simple giro de muñeca. Con la mano recorrió el pecho, pequeño, suave y firme, que quedaba al descubierto. Sus ojos ardían al contemplarla. Tocó el pezón, endurecido, y oyó su gemido de placer.

—Eres increíblemente hermosa… —le levantó el suéter y el sujetador y se llenó la vista con la gloriosa imagen de sus pechos desnudos.

Agachó la cabeza para atrapar un pezón con los labios y lamerlo con deleite. Ella volvió a gemir y se arqueó para facilitarle el acceso a su cuerpo. Le encantaba lo que le estaba haciendo, y por nada del mundo fingiría lo contrario.

Jon recorrió su espalda con la mano, sintiendo la piel suave y desnuda como un cálido manto de seda. Abrió la boca para chuparle el pecho, provocándole un grito de gozo, y levantó la cabeza para mirar su enardecido rostro desde arriba. Nunca en sus treinta años de vida había sentido algo tan poderosamente erótico.

—En la oficina se habla de mí… —dijo con voz áspera—. Tienes que haber oído los rumores.

Ella consiguió asentir con la cabeza.

—Son ciertos —le confirmó él—. He salido con mujeres y he hecho algunas cosas con ellas, pero nunca he llegado hasta el final con ninguna.

Joceline apartó la mirada, pero él le hizo girar de nuevo la cabeza para poder verle la cara.

—Cammy y mi padre nos educaron de una forma muy estricta. Nos enseñaron que el sexo fuera de la santidad del matrimonio es un pecado abominable. La lección se nos quedó tan inculcada que fuimos prisioneros de nuestras creencias. Al principio tenía tantos complejos que no me atrevía a hacer nada. Y luego, al crecer, me avergonzaba por no haberlo hecho nunca.

—Todos somos prisioneros de la educación recibida —dijo ella.

Jon le acarició el pecho, disfrutando de su imagen y de la reacción de Joceline.

—Eres la mujer más religiosa que he conocido jamás, y sin embargo tuviste un hijo sin estar casada.

—Sí —admitió ella con tirantez—. Tomé una decisión...

—Tomaste la mejor decisión posible. Es un niño fantástico, y lo estás educando muy bien.

—Gracias.

—La cuestión es que te acostaste con alguien sin estar casada —le pellizcó ligeramente el pezón, arrancándole un gemido—. ¿Cómo fue? ¿Qué sentiste?

Joceline apenas podía articular palabra.

—No... no lo sé —susurró—. Todo fue muy rápido...

—¿Él tenía prisa?

—Nos estábamos besando —tragó saliva—. Y luego todo pasó de repente —volvió a apartar la mirada—. Ocurrió sin más. Dolió un poco.

—¡Maldito animal!

—Estaba... borracho —dijo ella, defendiéndolo incluso en esos momentos—. No es... no era —corrigió rápidamente— el tipo de hombre que perdiera jamás el control.

Ni ella tampoco, pero ninguno de los dos lo dijo.

—¿Crees que lo mataron en el extranjero?

—Sí, estoy segura de ello —respondió sin mirarlo—. Estaba muy arrepentido por lo que hizo.

—¿Él quería que tuvieras al niño?

—Él... no sabía nada del niño. Y yo no pude decírselo. Fue demasiado tarde.

Jon detuvo la mano sobre su cuerpo. No le gustaba que otro hombre la hubiera poseído. Los celos le carcomían las entrañas como un chorro de ácido. Volvió a agacharse para rozarle el pecho con la boca y se deleitó con los sonidos de placer que en ella provocaba. Podía borrar los malos recuerdos. Podía darle mucho más de lo que había tenido.

La besó con insistencia y voracidad, haciéndola estremecerse con un placer que pronto se volvió incontrolable.

—¡No! —susurró ella, agarrándolo de la muñeca cuando se disponía a desabrocharle el pantalón——. ¡No podemos!

Jon había llegado demasiado lejos para detenerse, pero aun así luchó con todas sus fuerzas contra sus instintos primarios. Entonces miró hacia la puerta, entreabierta, y se echó a reír.

Joceline siguió la dirección de su mirada y se puso aún más colorada.

—Oh, cielos…

Jon le bajó el suéter.

—¿Quieres que me disculpe?

—¿Acaso lo sientes? —le preguntó ella, intentando adoptar un tono jocoso.

—En absoluto —respondió él—. Sabes a miel.

Roja como un tomate, Joceline consiguió ponerse en pie. Volvió a colocarse el sujetador, se bajó el suéter y se alisó el pelo con las manos.

—Hay un cepillo en el aparador —le dijo él, observándola con la cara apoyada en la mano y un brillo de deleite en los ojos.

Joceline fue a buscarlo, se cepilló rápidamente y, sin pensar en lo que hacía, volvió a sentarse en la cama y empezó a cepillar los largos cabellos de Jon, quien se incorporó para facilitarle la tarea.

—Tienes un pelo precioso… Lo tenías hecho un desastre cuando te dispararon, y tu hermano y yo dijimos que no te gustaría nada verte con ese aspecto.

—Desde luego —admitió él, sonriendo——. Nunca he dejado que una mujer me lo peine.

—Me siento halagada.

Al acabar, él le quitó el cepillo y empezó a hacer lo mismo con ella.

—Acicalamiento mutuo, como hacen los primates.

—¿En serio? —preguntó ella, riendo.

Jon le tocó los labios hinchados con los dedos.

—¿Cuánto tiempo llevamos trabajando juntos?

—Mucho. Casi cinco años.

—Y apenas sabemos nada el uno del otro.

Ella asintió en silencio. La realidad se iba abriendo camino en su cabeza. Había dejado que su jefe la besara. Incluso que empezara a desnudarla. Jon tenía una madre que la odiaba a muerte. Y ella tenía un hijo que lo complicaba todo aún más.

—Deja de pensar tanto —le ordenó él—. Iremos paso a paso. Sin presiones ni agobios.

Ella lo miró a los ojos con preocupación.

—Tu madre me odia.

—Cammy es una heterodon.

—¿Una qué?

—Es una especie de serpiente. Un amigo de Georgia me habló de ellas. No son venenosas y se asustan si alguien las ataca con un palo, pero su aspecto es tan amenazador como el de una cobra.

Joceline se echó a reír.

—¿Todo es pura fachada?

—Exactamente igual que Cammy. Por dentro es una blanda, pero ha aprendido a ocultar su debilidad bajo una actitud odiosa.

Joceline no estaba del todo de acuerdo, pero aquella forma tan nueva y maravillosa con que su jefe la miraba la tenía tan fascinada que no se molestó en expresar su opinión.

—Deberíamos volver al trabajo.

—Sí, eso parece —dijo él, sonriéndole.

Joceline se sentó en la silla con el portátil en su regazo, y Jon la miró unos segundos más antes de reanudar el dictado.

No sabía cómo manejar la nueva situación. Temía que su jefe quisiera más de lo que ella podía darle, no tenía claro el papel que desempeñaba en la vida de Jon, sin contar el miedo atroz que le inspiraba su madre. Y además estaba Markie. Cómo iba encajar en aquel escenario era el interrogante más aterrador de todos.

Y para empeorarlo todo aún más surgieron de repente dos nuevas complicaciones. Se recibió una llamada telefónica en el rancho, que fue recogida por el contestador automático. El mensaje fue claro, breve y amenazador.

—Vais a morir todos… El niño será el primero. Nadie se mete con mi familia y vive para contarlo.

Jon fue el primero en oírlo. Tenía un localizador, pero la llamada se había realizado desde una gran distancia y no podían rastrearla. Llamó al FBI y le enviaron un par de técnicos con equipo electrónico para instalar una red.

Poco después Joceline hizo algunas llamadas y descubrió que Harold Monroe había sido acusado de matar a Melly, la hija pequeña de McKuen Kilraven. Un testigo se había atrevido a declarar. Había compartido celda con Monroe, mientras este esperaba el juicio por tráfico de personas, y había oído como se jactaba de haber tomado parte en el asesinato. Monroe fue tan insensato que le habló del arma homicida y de dónde la había escondido. La policía, a las órdenes de Rick Márquez, registró las alcantarillas junto al Departamento de Policía de San Antonio y encontró el arma del crimen, una escopeta, metida en una bolsa de basura con las huellas dactilares de Monroe en la culata. Monroe había cometido un error garrafal al pensar que la policía era tonta y que jamás lograrían atraparlo y condenarlo. No se podía ser más estúpido.

Jon estaba anonadado. Nadie había creído que Harold Monroe, el sobrino idiota de Jay Copper, fuera lo bastante listo para usar un arma de fuego, y mucho menos para matar a una niña con ella. Hasta ese momento todas las pruebas habían apuntado al otro sobrino de Copper, Peppy Hancock, pero las circunstancias eran tan enrevesadas e improbables que todo parecía ser una especie de montaje con un propósito inexplicable.

Jon temía lo que su hermano pudiera hacer. Siempre habían estado convencidos de que Dan Jones había sido quien apretó el gatillo, y Jay Copper fue arrestado y condenado por el ser el cerebro de la macabra operación. Mac incluso había oído decir a Copper que envió a Peppy para rematar la faena. Pero al parecer fue Harold Monroe quien realizó los disparos mortales. Nadie había sospechado de él hasta ahora, y Monroe, lógicamente, culpaba a Jon, a su «secretaria» y al hijo de esta por su inesperada detención.

Jay Copper tenía contactos muy peligrosos. La persona que realizó la llamada, que debía de ser Monroe, había prometido venganza, y Jon no podía subestimar la amenaza.

De modo que llamó a su hermano y, de mala gana, le pidió que mandara a Rourke al rancho.

—Creía que te gustaba —le dijo Joceline con curiosidad cuando él se lo contó con gran disgusto.

—Y me gusta —afirmó Jon, pero recordaba el comentario de su madre sobre la soltería de Rourke y su posible interés por Joceline. No le apetecía tener competencia, y menos en esos momentos, cuando una nueva relación empezaba a nacer entre ellos—. ¿Y a ti?

—Sí, pero sólo como un amigo —respondió ella inmediatamente.

La respuesta pareció tranquilizar a Jon, pero Joceline recordó algo sumamente inquietante. Su diario. Lo había quemado después de que entrasen en su apartamento, pero ¿y si lo habían fotografiado?

Seguía rumiando la posibilidad cuando Kilraven se presentó en el rancho, sin Winnie, con un semblante frío y amenazador.

—Han vuelto a detener a Harold Monroe —le explicó Jon de inmediato—. Pero esta vez no conseguirá eludir los cargos, por muy bueno que sea el abogado que le consiga Jay.

—¿Estás seguro? —preguntó Kilraven con una voz tan fría como sus ojos—. Acaba de ser puesto en libertad bajo fianza.

Jon se incorporó bruscamente en la cama, haciendo caso omiso del dolor.

—¿Cómo es posible?

—Tiene contactos, y esos contactos tienen a su vez más contactos. Encontraron a un juez que lo ha dejado en libertad con una fianza de medio millón de dólares. El abogado convenció al juez de que no había riesgo de fuga.

—¿De qué juez se trata? —quiso saber Jon.

Kilraven le dio el nombre de un joven magistrado que había sido nombrado el año anterior.

—Ese imbécil ha puesto en la calle a un asesino en serie —masculló Jon.

Kilraven miró con asombro a su hermano menor, siempre tan políticamente correcto. Jon nunca criticaba a los jueces ni a nadie vinculado con el sistema judicial.

—Alguien, seguramente Harold Monroe, ha llamado aquí para amenazarnos a todos —le dijo Jon—. Concretamente al hijo de Joceline.

Kilraven lo observó con atención.

—Te gusta ese chico, ¿verdad?

—Sí —respondió Jon sin vacilar—. Es muy inteligente y tiene un don natural para el dibujo. Le he dicho a Joceline que debería recibir clases de pintura.

—A Melly también le gustaba dibujar —dijo Kilraven, recordando el último dibujo que hizo su hija antes de su muerte.

—También ella tenía talento —afirmó Jon—. Lo siento. Sé lo que debe de ser para ti que el caso de tu familia vuelva a abrirse. Pero Monroe no se saldrá con la suya, decida lo que decida ese juez de pacotilla.

—Yo no estaría tan seguro. Jay Copper tiene propiedades en el Caribe. Monroe podría ocultarse allí para siempre. No obstante... —sonrió enigmáticamente.

—¿Qué?

—Monroe tiene a alguien siguiéndolo… Y no, no voy a decirte quién.

—Rourke —adivinó Jon.

—Rourke está vigilando a Joceline y a su hijo.

—¿Está aquí? —exclamó Jon, incorporándose aún más en la cama para mirar a su alrededor, como si esperase encontrar a Rourke en la habitación.

—Lleva aquí desde que ellos llegaron —le informó Kilraven—. Pero sabe cómo pasar desapercibido hasta que necesite darse a conocer.

—Parece que tendré que despedir a mis guardaespaldas…

Kilraven se rio.

—Ese viejo vaquero lo descubrió enseguida y lo encañonó por la espalda con un revólver del 45. Rourke dijo que casi tuvo que cambiarse de pantalones por el susto.

Jon sonrió a pesar de sí mismo.

—Sabes muy bien quién es ese vaquero.

—Claro que lo sé.

—Me siento más seguro sabiendo que nada ni nadie se le escapa. No podemos correr el menor riesgo con el hijo de Joceline.

—Tengo que hablar con ella sobre el allanamiento de morada.

—¿Hay algún sospechoso? —preguntó Jon con el ceño fruncido.

—No, a menos que te refieras a Harold Monroe. Se trata de algo que había en el apartamento y que los ladrones podían estar buscando. Rick Márquez no puede costearse el vuelo hasta aquí para interrogarla, así que lo hago yo por él.

—¿En serio? —Jon no estaba muy convencido.

—¿Tan raro te parece?

—No es propio de ti hacerle favores a la policía.

Kilraven se encogió de hombros.

—Rick no es como los demás detectives de la policía.

Jon lo pensó y se relajó.

—No, no lo es. Supongo que Joceline estará en la cocina, ocupándose de la comida de Markie.

—Voy a hablar con ella —dijo Kilraven.

—Hablas como él.

—¿Como quién?

—Como Rourke —pronunció el nombre con un gruñido.

Kilraven se esforzó por no sonreír. Era evidente que su hermano sentía celos de Rourke, y no por el trabajo que desempeñaba.

—Cuidaré mi acento… ¿Estás mejor? —le preguntó con sincero interés.

—Sí, aunque la recuperación es más lenta de lo que me gustaría. Estoy impaciente por volver a la oficina e impedir que Harold Monroe abandone el país antes del juicio.

—Me encargaré de ello —le prometió Kilraven—. Si estuvo implicado en la muerte de Melly, y el instinto me dice que así fue, no podrá escapar de la justicia.

—Ten cuidado con lo que haces —le advirtió Jon—. No quiero perder al único hermano que tengo. Y recuerda que vas a ser padre otra vez.

—Ya lo sé —Kilraven suspiró—. Pero todo esto es muy duro para mí. Creía que el caso estaba cerrado cuando supimos que Dan Jones había actuado por órdenes de Jay Copper. Nunca imaginé que hubiera alguien más implicado, ya que Peppy Hancock tenía coartada para esa noche. ¿Cómo es posible que Monroe estuviera metido en la trama sin irse de la lengua? Es incapaz de mantener la boca cerrada.

—No lo sé, pero es algo muy extraño.

—Jay Copper dijo que había enviado a Peppy para asegurarse de que Dan Jones cumplía las órdenes. No pudimos demostrarlo, ya que al perderse la cinta con las grabaciones sólo contábamos con el testimonio de oídas, insuficiente para condenar a Peppy. Y ahora resulta ser su cuñado, el idiota de Harold Monroe, quien ha sido arrestado por el asesinato de mi mujer y mi hija. Es increíble.

—Después de haberse librado de una condena por tráfico de personas —añadió Jon—. ¿Por qué elegiría a Joceline y el niño como objetivo? ¿Sólo porque Joceline trabaja para mí?

—¿Por qué si no?

Jon se recostó con un profundo suspiro.

—No me gusta que nadie los amenace.

—Nos ocuparemos de ellos —le aseguró Kilraven—. Tú sólo preocúpate en recuperarte, ¿de acuerdo?

—De acuerdo —aceptó Jon, sonriendo.

—Me alegro de que vayas a salir de esta.

—Gracias.

—Eres mi único hermano… aunque a veces nos causes problemas.

—¡Mira quién fue a hablar!

—Me voy —se despidió con una sonrisa—. Te veré otra vez antes de marcharme.

—Eso espero.

Kilraven encontró a Joceline en la cocina, limpiándole la cara a Markie. El niño se reía con las cosquillas que su madre le hacía en la nariz con la servilleta.

Los dos alzaron la vista cuando Kilraven entró en la cocina.

—¿Ha estado bien la comida? —le preguntó al chico con una sonrisa.

—¡Genial!

—Megs va a poner una película de dibujos animados en el salón, y me ha dicho que a lo mejor querrías verla...

—¡Sí! ¡Gracias!

—De nada.

Megs apareció en la puerta y le hizo un gesto a Markie para que la siguiera.

—Hasta luego, mamá —exclamó Markie mientras corría hacia Megs.

—Es un chico estupendo —comentó Kilraven.

—Gracias. A mí también me lo parece.

Kilraven se giró hacia ella, muy serio.

—¿Has oído hablar de la teoría de Locard?

—Claro. Todo criminal que comete un delito siempre deja tras él algo de lo que llevaba consigo.

—Rourke encontró unas huellas dactilares en tu mesilla de noche. Coinciden con las huellas de un ladrón que hacía trabajos para Jay Copper.

Joceline arrugó el rostro.

—¿Y qué hacía en mi apartamento? No tengo nada de valor.

—Tenías un diario, según Rourke.

Ella se mordió el labio inferior con fuerza.

—Lo quemé.

—Cualquier ladrón que se precie puede hacer la foto de un documento sin llevarse el original.

Joceline tragó saliva.

—¿Y para qué iba a querer alguien mi diario?

—¿Te importa venir conmigo un momento?

Abrió la puerta de la biblioteca. Ella titubeó, pero lo vio tan serio que entró y dejó que cerrara la puerta tras ellos.

—Hace cuatro años fuiste a una fiesta con Jon —dijo él sin más preámbulos—. A él le echaron una droga en su bebida y tú lo llevaste al hospital.

—Sí. Fue una broma pesada del novio de la chica a la que Jon había rescatado de un secuestro.

—Poco después tú intentaste dejar tu trabajo y descubriste que estabas embarazada.

Joceline evitó su mirada.

—Salí con un amigo, bebimos más de la cuenta y…

—Mi hermano es el padre de tu hijo… ¡Cuidado!

La agarró a tiempo de evitar que cayera al suelo. La llevó al sofá y le agachó la cabeza con cuidado hasta que cesaron las náuseas.

—Lo siento —se disculpó en voz baja—. Debería haber sido más considerado.

Ella tragó unas cuantas veces mientras los ojos se le llenaban de lágrimas.

—Sólo son suposiciones tuyas…

—No, no lo son —repuso él tranquilamente, sentándose a su lado—. El grupo sanguíneo de tu hijo es A positivo. Igual que el de Jon. He comprobado las fechas. Según el informe policial, fuiste a la fiesta con Jon casi nueve meses antes de que dar a luz a Markie.

—Las fechas pueden coincidir. Y hay mucha gente con el mismo grupo sanguíneo.

—No sé lo que había en tu diario, pero me lo puedo imaginar —continuó él—. Tienes que contárselo a Jon antes de que se entere por Harold Monroe o por algún otro.

Joceline lo miró con ojos llenos de angustia.

—¿Y piensas que me creerá? —preguntó con escepticismo—. ¿Por qué crees que he guardado el secreto todo este tiempo?

—Fuiste la única mujer a la que Jon llevó jamás a una fiesta.

—Sí, y él era rico mientras que yo apenas podía pagar el alquiler. Apenas me conocía. Si se lo hubiera contado, habría pensado que intentaba aprovecharme de él para sacar tajada. Y no digamos lo que hubiera dicho tu madre… Todos sabemos lo que siente por su hijo.

Kilraven la miró fijamente.

—¿Preferirías que se enterara por las noticias de las seis? A Monroe le haría sin duda mucha gracia.

Joceline se incorporó en el sofá.

—Estás dando por hecho que Harold Monroe fue el que envió al ladrón a mi casa y que hizo fotos de mi diario.

—¿Por qué si no iba a querer registrar tu apartamento?

—¿Cómo podía saber que había un diario? —preguntó ella con el ceño fruncido.

—Si no lo sabía, ¿por qué entró en tu casa? —preguntó Kilraven, frunciendo el ceño también.

Joceline se devanó los sesos durante unos instantes, y de repente dio un brinco en el asiento.

—Espera un momento… Me había olvidado de algo… Había un fichero con la información personal y el historial de Bart Hancock. El día que dispararon a Jon me lo llevé a casa para transcribirlo…. ¡Fue el mismo día que entraron en mi apartamento!

—¿Lo devolviste a la oficina?

—No lo encontré por ninguna parte —confesó, avergonzada—. Iba a decírselo al jefe, pero se me olvidó con todo lo que había pasado. Oh, Dios… Ahora sí que estoy metida en un buen lío. ¡Me van a despedir por incompetente!

—No te despedirán. Pero el fiscal del distrito tiene que saber lo de ese informe. Hablaré con él.

Joceline estuvo a punto de suspirar de alivio, pero entonces se dio cuenta de que le había revelado a Kilraven su mayor y más terrible secreto. Lo miró, invadida por una nueva ola de pánico.

—No voy a decirle a Jon lo de Markie —la tranquilizó él—. Pero tendrás que hacerlo tú.

—No voy a decirle nada —se obstinó ella—. Y tú tampoco. No se lo creería y sólo pensaría que le estoy mintiendo para conseguir algo. Durante todos estos años he dicho que el padre de Markie era militar y que murió en el extranjero. No voy a cambiar la historia ahora.

—¿Cómo crees que se sentiría Jon si supiera que tiene un hijo del que nunca ha sabido nada?

—No lo sabrá nunca. Si quisiera casarse, ya lo habría hecho. Y no sería con una chica de clase baja como yo. Mis padres provenían del medio rural. Mi padre fue el primero de su familia que se graduó en la universidad, y mi madre ni siquiera acabó el instituto. Trabaja de camarera y su marido es vigilante nocturno. ¡Tu madre jamás invitaría a gente como nosotros a su casa!

—Te equivocas —repuso él suavemente—. No conoces a Cammy.

—Sé que quiere lo mejor para su hijo. Igual que yo quiero lo mejor para el mío. No pasa nada por dejar algunas cosas en secreto, Kilraven.

—Nada te hará cambiar de opinión, ¿verdad?

Ella negó enérgicamente con la cabeza.

—Tuve que decidir si tenía o no a mi hijo. Tomé la única decisión posible, pero también tuve que pensar en lo que pasaría si Jon se enfrentaba a las consecuencias de un accidente que ni siquiera recuerda. No podía hacerlo responsable de algo que hizo estando drogado. La culpa fue sólo mía. Yo sólo estaba un poco mareada. Podría haberme detenido, pero seguí hasta el final.

—Y lo quieres.

Joceline volvió a tragar saliva.

—Sí —admitió, mirando a Kilraven a los ojos—. ¿Vas a decírselo?

Él negó con la cabeza.

—No. Pero creo que te equivocas. No sabes cuál sería su reacción. Y a propósito… está muy furioso porque yo me haya visto obligado a traer a Rourke.

—¿Rourke está aquí? —preguntó ella, atónita.

—Lleva aquí desde que llegaste. No podía arriesgarme a que Monroe cumpliera su amenaza. Tal vez sea un idiota sin cerebro, pero tiene amigos que no lo son.

—¿De verdad crees que sólo quería ese informe?

—Sí —aseveró Kilraven con una sonrisa.

Joceline se permitió relajarse un poco.

—Voy a tener problemas por eso.

—Tranquila. Pero yo de ti le contaría a Jon lo del informe, al menos.

Ella asintió.

—Y piensa en lo que te he dicho, ¿de acuerdo?

—De acuerdo, pero no cambiaré de opinión.

—Como quieras.

Rourke llegó unos minutos más tarde, acompañado de Kilraven.

—¡Joceline, mi amor! —exclamó, abriendo los brazos—. Podemos casarnos en diez minutos, si quieres. Puedo sobornar a un juez y…

—Trabajo para el gobierno —lo cortó ella, sin sonreír.

—¿Sois todos así? —le preguntó Rourke a Kilraven—. ¿Siempre tan engreídos y obsesionados con cumplir la ley?

—Me temo que sí —respondió Kilraven con una mueca.

—No te pongas de su parte —le pidió Rourke—. Me estoy muriendo de amor y tú no me ayudas.

—Se supone que tienes que protegerla, no casarte con ella —señaló Kilraven.

—Tiene razón —intervino Jon desde la puerta del dormitorio. Llevaba una bata azul con unos pantalones de pijama a rayas, abierta por el pecho y con los pies descalzos. Y miraba a Rourke echando fuego por los ojos.

—¡No deberías estar levantado! —le recriminó Joceline.

—Estaba harto de estar tumbado.

—¡Se te abrirá la herida!

—Déjalo ya.

—Las manchas de sangre son difíciles de quitar en una alfombra beige.

Jon se echó a reír y se encogió de dolor por el tirón de los puntos.

—¿Lo ves? —le reprochó Joceline—. No puedes estar de pie. Kilraven, haz que vuelva a la cama.

—La última vez que intenté que hiciera algo en contra de su voluntad me tuvieron que dar puntos a mí —respondió Kilraven en tono tranquilo y paciente.

Joceline soltó un suspiro de exasperación.

—¡Se va a hacer daño!

Jon los ignoró y clavó una torva mirada en Rourke.

—Estás aquí para protegerlos a ella y a su hijo, no para hacer el payaso con tus declaraciones de amor, ¿está claro?

Rourke frunció el ceño.

—Clarísimo, señor.

—No pierdas al chico de vista en ningún momento.

Rourke dejó escapar una risita.

—¿He dicho algo gracioso? —le preguntó Jon en tono agresivo.

—Bueno, teniendo en cuenta que el chico comparte la habitación con su madre, y que quieres que lo vigile las veinticuatro horas del día…

—¡Sabes muy bien a lo que me refiero!

—Jon, te estás tambaleando —observó Kilraven, colocándose a su lado—. Vuelve a la cama y deja de intentar controlarlo todo y a todos.

—¡No me estoy tambaleando!

Kilraven lo agarró para que no cayera hacia delante.

—¿Lo ves? Vamos. Vuelve a la cama —con mucha dificultad consiguió meterlo en la habitación y acostarlo—. Y ahora quédate aquí y no te muevas.

Joceline se asomó por la puerta.

—¿Está bien?

—Sólo estoy un poco cansado —le respondió Jon—. Nada de qué preocuparse.

—Bueno. Si tú lo dices…

—¿Has llamado a Betty para concretar la vista preliminar sobre el caso de Jacob Rand?

—Lo había olvidado, pero lo haré ahora mismo.

Jon la vio salir de la habitación y sus ojos se encontraron con los de su hermano.

—Es un encanto —comentó Kilraven.

—Sin ella estaría perdido… aunque no haga café.

Kilraven no dijo nada. Tenía otras cosas de las que preocuparse. Problemas que serían inevitables cuando la verdad saliera a la luz.

Al cabo de tres días Joceline ya había resuelto todas las tareas pendientes de Jon, y no sabía si quedarse en el rancho o regresar a San Antonio. Su jefe se recuperaba bien, pero un montón de trabajo atrasado lo estaría esperando si ella no volvía pronto a la oficina.

Sin embargo, él se negaba a dejarla marchar.

Habían adquirido el hábito de tomar un tentempié los dos juntos a la hora de dormir, después de que Markie se hubiera acostado, y como era lógico, eso condujo a unas sesiones de pasión cada vez más desenfrenadas y difíciles de detener. La reacción de Joceline era inmediata e incontrolable. Él lo sabía, y eso lo animaba a seguir.

—No podemos —insistió ella con voz ronca y trabada por el deseo cuando los intentos de Jon por desnudarla se hicieron más apremiantes.

—¿Por qué no? —murmuró él con la boca pegada a sus pechos—. Todo el mundo lo hace.

Joceline le apartó la cabeza.

—Porque nosotros no somos todo el mundo. Y porque ya he tenido un hijo sin estar casada.

—Sí.

Ella se incorporó en la cama, se arregló la ropa y se levantó.

—Debería volver a San Antonio.

—¡No!

Se giró para mirarlo desde arriba.

—Si me quedo, sólo servirá para empeorar la situación —dijo amargamente—. Ahora nos parece algo excitante porque se trata de una experiencia nueva. Pero en el fondo no te gusto.

—Siempre me has gustado —declaró él, mirándola con ojos llenos de deseo.

—¿De verdad? —le preguntó en tono burlón—. ¿Eso fue antes o después de que me arrojaras el código penal a la cabeza?

—Lo tiré contra la pared —replicó él—. Y no era un código penal. Era una revista de videojuegos.

—Tengo que volver a la oficina. Y… necesito poner un poco de distancia entre ambos. Sólo por unos días.

—¿Y después de esos días, qué?

Joceline respiró profundamente.

—¿Podemos hablar de eso en otro momento?

—Pareces desesperada por encontrar una salida.

—Toda mi vida ha sido una salida tras otra.

—No estás tomándote en serio lo que digo.

—No me conoces —replicó ella—. No sabes nada de mí.

Jon frunció el entrecejo.

—¿Qué tengo que saber?

—Más de lo que yo estoy dispuesta a contarte, al menos por el momento. Y además, necesito dormir un poco.

Él hizo una mueca y volvió a recostarse con un suspiro.

—Supongo que tienes razón. Quizá no nos vendría mal ir un poco más despacio.

—Me alegro de que lo veas así.

—No tengo más remedio —sonrió.

—Quiero que te pongas bien.

—Yo también —le sostuvo largamente la mirada—. No me gusta que Rourke esté cerca de ti, pero su protección es necesaria.

Joceline se sintió repentinamente muy vulnerable.

—¿Crees que alguien podría intentar hacerle daño a Markie?

—Mataron a mi sobrina.

Una oleada de pánico recorrió a Joceline.

—Sí.

—No podrán acercarse a Markie. Te lo prometo.

Ella se relajó mínimamente.

—Gracias.

—Seguiremos hablando mañana.

Joceline dudó un momento, pero la sonrisa de Jon era tan contagiosa que no pudo sino devolvérsela y asentir.

—Mañana.

Joceline se levantó de la cama con la ilusión y esperanza que le brindaba su nueva relación con Jon. Tal vez hubiera un futuro para ellos, después de todo.

Sin embargo, cuando abrió la puerta de la cocina con Markie se encontró con la peor de sus pesadillas.

Cammy Blackhawk estaba allí, y la mirada que les lanzó a ella y su hijo habría bastado para detener una horda de bárbaros sedientos de sangre.

—¿Qué haces en mi casa? —le preguntó en el tono más frío y hostil posible.

Joceline no solía quedarse sin palabras, pero tenía buenos motivos para temer las reacciones de aquella mujer.

—Trabajar.

—No estás trabajando para mí —dijo Cammy altivamente—. ¡No te he invitado a venir! ¡Jamás te invitaría a pisar esta casa! Y además te has traído a ese… ese niño. ¿Cómo te atreves?

Joceline levantó a Markie en brazos. Su hijo parecía asustado y miraba a la mujer de pelo negro con ojos como platos.

—Por favor, baje la voz. Está asustando a Markie.

—Como si me importara —respondió la otra mujer con

desdén—. ¡Ese niño es la prueba viviente de tu falta absoluta de moralidad y decencia!

Joceline se mordió el labio para intentar contenerse.

—No sabe nada de mí… —masculló.

—Sé todo lo que necesito saber. ¡Has venido para intentar cazar a mi hijo! ¡Para ti es un buen partido porque él tiene dinero y tú no tienes nada!

—¡No le grites a mi mamá, vieja mala! —exclamó Markie.

Cammy se quedó momentáneamente desconcertada por el exabrupto del niño, momento que Joceline aprovechó para darse la vuelta y alejarse a toda prisa.

—¿Adónde vamos, mamá? —le preguntó Markie.

—A casa, cariño, en cuanto haga el equipaje —el corazón se le iba a salir por la boca. Rara vez se dejaba vencer por el pánico, pero nunca había visto tanto odio en los ojos de una persona.

—De acuerdo —murmuró Markie, enterrando la cara en el cuello de su madre—. No me gusta. ¡Es mala!

—¡Aléjate de mi hijo! —le gritó Cammy—. He traído a mi amiga para que cuide de él mientras se recupera. ¡No te necesitamos!

Eso significaba que Jon estaría al corriente de la última moda, pero Joceline estaba demasiado alterada para seguir discutiendo.

Dejó a Markie en el suelo y empezó a meter las cosas en la maleta. Cammy se quedó esperando en la puerta, cruzada rígidamente de brazos. Le resultaba intolerable que aquella mujer hubiera estado en su casa, con Jon, mientras ella estaba en Europa.

—No vayas a llevarte nada que no sea tuyo —le advirtió.

Joceline la ignoró mientras Markie se aferraba a sus piernas.

—No me gusta esto. Quiero irme.

—Nos vamos enseguida, cariño.

La voz del niño era ronca y respiraba de una forma extraña.

—Respira, cariño —se arrodilló ante él—. Mírame y respira. Tan sólo respira. No pienses en nada. Toma —agarró en inhalador—. Respira… ¿Mejor?

Markie asintió. El pecho le oscilaba rápidamente, pero su respiración se relajó un poco al hacer efecto la medicina.

—¿Qué le pasa? —preguntó Cammy.

—Nada. Recoge tus juguetes, cariño.

Markie agarró un osito de peluche y un muñeco de vaquero, ambos raídos y harapientos, y se los apretó contra el pecho. Aún seguía temblando, pero Joceline no quería dar muestras de preocupación. Acabó de guardar la ropa, le puso el abrigo a Markie y le mostró la maleta y el bolso a Cammy.

—Puede registrar mi equipaje, si quiere.

Los penetrantes ojos de Cammy veían una pobreza y una desesperanza difíciles de ocultar, y también el reacio acatamiento de una orden cruel e irrazonable.

—Ya nos vamos —dijo Joceline. Agarró a Markie de la mano y lo llevó a la puerta, pero allí se detuvo y se giró con la cabeza bien alta—. ¿Le importaría pedirle a alguien que nos lleve a la estación de autobuses? Está muy lejos para que Markie haga el camino a pie.

—¿No tienes coche?

—Mi coche no habría hecho ni la mitad del camino, señora Blackhawk—. El señor Blackhawk nos ofreció a venir en avión.

—Le pediré a uno de los hombres que os lleve al pueblo.

—Gracias. Esperaremos en el porche.

Cammy agarró el teléfono.

—Que uno de los hombres lleve a la señorita y a su… hijo a la estación de autobuses —ordenó por el auricular—. Está en el porche.

—La llevaré yo mismo, vieja bruja —respondió una voz con acento sudafricano—. Y usted váyase al infierno con sus prejuicios de marquesa.

Cammy se quedó de piedra unos instantes. Fuera de sí, entró en la habitación de su hijo, donde la candidata a novia de Jon intentaba ahuecarle las almohadas a Jon a pesar de las furiosas miradas de este.

—¡Ese hombre tan horrible me ha dicho que me vaya al infierno! ¿Se puede saber qué clase de gente tienes trabajando aquí?

—¿Quién te lo ha dicho?

—Ese tal Rourke. Yo sólo le pedí que alguien llevara a tu secretaria a la estación de autobuses…

—¿Joceline? ¿A la estación de autobuses? —se incorporó con brusquedad—. ¡Maldita sea!

—Jon… —empezó Cammy, pero él ya había agarrado el teléfono.

—Busca a Rourke. ¡Ahora! —esperó unos momentos, con el auricular pegado a la oreja y mirando fijamente a Cammy—. Rourke, ¿se puede saber qué…? ¿Que ha hecho qué? —escuchó—. Sí, ve con ellos. Llévalos a la pista… Enviaré al piloto enseguida. Dile a Joceline que… no importa. Se lo diré yo mismo —colgó y se levantó de la cama—. Me vuelvo a San Antonio. ¡Fuera de mi habitación! —les gritó a la rubia y a su madre.

—Jon… lo siento —se disculpó Cammy con voz más suave—. Por favor, no te levantes. Aún no estás recuperado del todo…

—Me estaba recuperando muy bien hasta que decidiste arruinarme la vida.

Los ojos de Cammy se llenaron de lágrimas.

—Jon, esa mujer te ha echado el ojo. ¿Es que no lo entiendes?

—Eres tú la que no lo entiende. No vas a controlarme ni

a decirme con quién tengo que casarme ni lo que puedo hacer. ¡Eres mi madre, no mi dueña!

Cammy bajó la mirada al suelo.

—Estás enfermo y te he alterado. Lo siento mucho. Le pediré disculpas a esa… como se llame.

—Se llama Joceline —dijo él en un tono amenazador.

—Sí, eso, Joceline. Tuvo un hijo ilegítimo…

—Igual que tú.

Cammy se puso blanca.

—¿Qué…?

—Con la diferencia de que tú decidiste abortar, ¿no? —siguió Jon mientras la rubia permanecía muda de espanto junto a la cama—. Temías que mi padre no reconociera a su hijo, ya que no estabais casados cuando te quedaste embarazada. Hasta que él no te propuso matrimonio no te diste cuenta de lo que habías hecho, pero para entonces ya era demasiado tarde, ¿verdad?

Cammy se apoyó de espaldas contra la pared.

—¡Nunca se lo había dicho a nadie!

—Papá hablaba más de la cuenta cuando bebía. Dijo que se habría casado igualmente contigo si se lo hubieras contado. Siempre lamentó la pérdida de ese hijo y también lamentó que hubieras creído que tu decisión podía separaros —su mirada era fría e implacable—. Pero a ti no te afectó, ¿verdad, Cammy? Y ahora te atreves a criticar a una mujer por haber tenido el valor que tú no tuviste.

Ella cerró los ojos y se estremeció.

—Eh… —murmuró la rubia, avanzando de puntillas hacia la puerta—, parece que es una conversación privada. Esperaré fuera.

—Puedes esperar con ella —le dijo Jon a su madre—. Me marcho… en cuanto pueda vestirme.

Cammy abrió los ojos, oscuros y angustiados.

—Creía que no me quedaba otra salida —dijo en un tono

débil y distante—. Nunca imaginé cómo sería después… —miró fijamente a Jon—. No quería que lo supieras.

—Mi padre hubiera preferido no saberlo —replicó él—. Te crees moralmente superior a todo el mundo, Cammy. Siempre tienes razón y los demás se equivocan. Te permites decirles lo que deben hacer, cómo deben vivir y con quién deben casarse —añadió fríamente, asintiendo con la cabeza hacia la puerta cerrada—. Pero ¿quién eres tú para tomar esas decisiones?

Cammy se cruzó de brazo.

—Sólo quiero que seas feliz.

—¿Y crees que casándome con esa obsesa de la moda podría ser feliz? —le preguntó con incredulidad.

Ella tragó saliva.

—Puede… puede que me haya pasado un poco.

—Un poco… Deja que te diga algo, Cammy. Si tuviera que casarme con una mujer como esa —volvió a señalar la puerta— para tener un hijo, preferirá quedarme soltero toda la vida. Las apariencias no significan nada para mí. Hay otras cosas mucho más importantes.

Su madre se removió, incómoda. Parecía sinceramente arrepentida.

—Ese niño… No respira bien.

—Tiene asma y sufre ataques muy graves. ¡Especialmente cuando está asustado!

Cammy hizo una mueca de dolor.

—Joceline no va a tenerlo fácil, gracias a ti —la acusó Jon—. ¡Me vuelvo a San Antonio con… con…! —él también hizo una mueca y a punto estuvo de desplomarse.

Cammy corrió a sujetarlo y lo ayudó a volver a la cama.

—Lo siento —le dijo mientras intentaba contener las lágrimas—. Lo siento mucho.

—¡Maldita sea! —gruñó él al tenderse en la cama. Estaba demasiado débil para hacer nada.

Su madre le acarició el pelo igual que hacía cuando era niño y se ponía enfermo.

—Está bien. Yo me ocuparé de todo. No te preocupes por nada —se mordió dolorosamente el labio—. ¡Lo siento mucho! —las lágrimas resbalaban por sus mejillas.

Jon no respondió. Estaba tan furioso que no podía articular palabra.

Joceline estuvo conteniendo las lágrimas durante todo el trayecto a San Antonio. Estaba muy alterada, pero Markie lo estaba aún más y se presagiaba una visita al hospital. Un nuevo ataque de asma se estaba gestando a pesar de la medicación.

—Lo siento, cariño —le dijo Rourke amablemente—. Lo siento de verdad. Cammy puede ser una… —torció el gesto al mirar al niño—. Puede ser muy antipática.

—No es culpa suya —respondió Joceline con una tensa sonrisa—. No me conoce.

—Ella se lo pierde —la ternura que se apreciaba en su voz hizo que Joceline ahogara un gemido en la garganta—. Vamos, vamos —se sentó junto a ella y la abrazó contra su costado—. No hay de qué preocuparse. El mundo sigue girando, ¿no es verdad, campeón? —le preguntó sonriente a Markie.

Markie estaba muy asustado por su madre. Aquella vieja mala la había hecho llorar. Pero el hombre grande sentado junto a ellos lo hacía sentirse tranquilo y seguro. Markie le devolvió la sonrisa. Todo iba a salir bien.

¡Si tan sólo pudiera respirar!

Pero no todo salió bien. Apenas habían entrado en casa Joceline y Markie cuando él empezó a toser.

Su madre llamó a Rourke, quien los llevó inmediatamente a Urgencias. Allí esperaron ansiosamente a que atendieran al niño.

—Se pondrá bien —le prometió Rourke.

En ese momento recibió una llamada al móvil y se alejó unos pasos para responder. Al volver junto a Joceline parecía preocupado.

—Tengo que irme. No puedo explicártelo ahora. Estoy trabajando en un caso con otra gente y han ideado un plan que espero que funcione. Mandaré a uno de mis hombres a protegerte. Te prometo que no notarás su presencia. No quiero marcharme, pero no me queda más remedio.

—No pasa nada —le dijo ella—. Gracias por todo.

Rourke sacó un billete del bolsillo y lo metió en el abrigo de Joceline.

—Necesitarás un taxi para volver a casa —insistió—. Te prometo que te compensaré. Llámame cuando sepas cómo está el chico, ¿de acuerdo? —anotó su número de móvil en un trozo de papel y se lo entregó.

—De acuerdo.

Rourke le hizo un guiño y se marchó rápidamente.

Joceline se dobló por la cintura y trató de respirar hondo. Por si tuviera pocos problemas tenía que enfrentarse a la madre de Jon, quien no sólo la echaba de su casa, sino que quería que su hijo se buscara a otra «secretaria». Era la mujer más desalmada y posesiva de la tierra, y de un mordisco había arrancado de cuajo la incipiente esperanza de Joceline para construir un futuro con Jon.

Intentó convencerse de que era mejor así. Al fin y al cabo, ella albergaba un oscuro secreto y tendría que vivir para siempre con las consecuencias.

Rompió a llorar. Todo era demasiado para ella: el robo en su casa, el ataque a Jon, aquel psicópata amenazando con matar a su hijo, la posibilidad de que perdiera su trabajo y, por si fuera poco, la horrible madre de Jon echándola a patadas de su casa. Ni siquiera había podido despedirse de Jon.

—Oh, no, no. ¡No puedes llorar así!

Oyó la voz como si estuviera en un sueño y sintió unos brazos que la rodeaban y mecían.

—Todo saldrá bien. Ya verás como sí.

Debía de estar soñando. Seguramente se había dado un golpe en la cabeza y estaba en coma. Porque, a menos que sus sentidos la estuvieran engañando, era Cammy Blackhawk quien la estaba abrazando y asegurándole que todo iba a salir bien.

Eran alucinaciones, sin duda. Estaba teniendo alucinaciones.

Cammy se sacó un pañuelo y le secó los ojos.

—Pasé muchas noches en Urgencias cuando Jon era niño, y sé lo que es —le contó en un tono conciliatorio—. Pero Jon se curó de su asma y lo mismo le pasará a tu hijo. Ya lo verás.

Joceline se mordió el labio. No sabía qué decir ni qué hacer. ¿Cómo era posible que aquella mujer la hubiera seguido hasta allí y estuviera siendo tan amable con ella?

—No confías en mí, y no me extraña —dijo Cammy—. Pero siéntate y permíteme que te cuente una historia.

Joceline se sentó a su lado en una de las incomodísimas sillas de la sala des espera.

—Cuando yo era joven, a mi abuelo le gustaba celebrar fiestas con sus amigos. Todos bebían hasta perder el conocimiento, y eso me permitía escabullirme de la casa sin que nadie se diera cuenta. Había un hombre mayor que yo que me gustaba mucho. Trabajaba en la policía de la reserva india —sonrió al notar la sorpresa de Joceline—. Sí, yo vivía en la reserva de Kyle, en Dakota del Sur. Mi madre se casó a una edad muy temprana y murió al tenerme a mí. Mi padre… desapareció y me dejó con mis abuelos, y cuando mi abuela murió, nos quedamos solamente mi abuelo y yo —suspiró—. Por resumirlo, te diré que yo estaba muy enamorada de ese hombre y que llegué demasiado lejos. Pero él era una persona muy religiosa y yo tenía miedo de que no reconociera al hijo que yo llevaba dentro —desvió la mirada—. Así que hice lo que creí que debía hacer. Luego se casó conmigo y me di cuenta de que… —tragó saliva—. Nunca volvimos a hablar de ello. Él ya tenía a McKuen y luego tuvimos a Jon. Educamos a nuestros dos hijos para ser un modelo de virtud y para que nunca hicieran algo que pudiera avergonzarlos en la iglesia.

Joceline escuchaba con atención, estupefacta.

—Admito que te juzgué mal desde el primer momento —continuó Cammy—. Pero tú demostraste tener el valor que a mí me faltó… y tuviste a tu hijo.

Le tocó a Joceline apartar la mirada.

—Tomé una decisión, y nunca supe si sería la correcta. Lo que sí sabía era que Markie jamás conocería a su padre.

—Es una desgracia.

—Sí que lo es.

Cammy la agarró de las manos.

—Siento todo lo que te dije y la forma en que me he

portado contigo. Y sobre todo, siento lo de tu hijo. Pero se pondrá bien. Jon sufría los mismos ataques y eran terribles, pero al final cesaron y se convirtió en un chico fuerte y sano.

—Markie tiene los pulmones muy débiles.

—Igual que Jon. Por eso nunca le permití fumar, entre otras cosas. Por desgracia, no pude impedir que su padre y su hermano lo hicieran.

Joceline sonrió.

—¿Jon está bien?

—Sí, aunque se puso tan furioso por mi culpa que intentó volver a San Antonio —bajó la mirada—. Estoy muy preocupada por él. No quiero que se quede solo… —volvió a levantar la vista hacia Joceline—. Los médicos dicen que tengo la tensión alta y quieren que tome pastillas, pero yo no estoy dispuesta. Odio la medicina.

—Pero tiene que hacerlo —le dijo Joceline—. Morir no es lo peor que podría pasarle. Podría sufrir una hemiplejia. Mi abuela tuvo un ataque cuando yo era niña y quedó paralizada de medio cuerpo. Estuvo postrada en la cama durante dos años, hasta su muerte. Fue muy triste. ¡Tiene que tomar sus medicinas!

Cammy respiró profundamente.

—De todos modos voy a morir.

—No. Va a ser abuela muy pronto —insistió Joceline con una sonrisa, a pesar de su desgracia.

El rostro de Cammy se iluminó.

—Lo había olvidado… Mi segundo nieto.

Joceline asintió con expresión triste.

—Sí. Su segundo nieto.

—Supongo que debería pensar en ello y dejar de buscarle novia a Jon —examinó atentamente a Joceline—. Jon está furioso porque Rourke quiere casarse contigo —añadió con una risita.

—A Markie le gusta Rourke —dijo Joceline, ignorando el comentario—. Tiene una granja con leones en Sudáfrica.

—África es un lugar muy peligroso. No puedes llevarte allí a tu hijo —declaró Cammy con firmeza—. ¡Y Rourke no es el marido que una madre elegiría para su hija!

Aquello sí que era increíble. ¿Cammy Blackhawk intentaba disuadirla de que se casara con Rourke?

Antes de que pudiera responder, apareció el médico de urgencias.

—No se preocupe —le dijo con una sonrisa y un marcado tono británico—. Su hijo se pondrá bien. Hemos tenido que aplicarle varios tratamientos para limpiar sus pulmones, pero creo que ya puede llevárselo a casa sin problemas.

—¿Tendrá que tomar antibióticos?

—No, tan sólo el inhalador preventivo. ¿Tiene uno?

—Sí.

—Y el inhalador de emergencia, por si lo necesita. Es un chico fantástico. Estaba muy preocupado por usted. ¿Ha tenido alguna discusión?

—Sí, por mi culpa —dijo Cammy—. Pero ya está todo solucionado.

El médico pareció sorprendido.

—En ese caso, la llevaré con Markie.

Sorprendentemente, Cammy echó a andar detrás de él.

Markie se quedó horrorizado cuando la vio junto a su madre, pero Cammy fue hacia él antes de que Joceline pudiera hablar y levantó al pequeño en brazos.

—Lo siento mucho… Soy una vieja antipática, pero voy a intentar cambiar. ¿Te gustaría tomar un helado?

Markie estaba dividido entre la indignación por el trato que aquella señora le había dispensado a su madre y la promesa de un helado. Miró a Joceline en busca de consejo.

—Creo que un helado puede salvar el día —dijo ella, riendo.

Llevaron a Markie a la cafetería del hospital y allí obtuvo su helado, pero sólo después de haber comido bien. Cammy se encargó de pagarlo todo y no aceptó la menor discusión al respecto.

—Nunca tomo dulces —les dijo mientras se tomaba un café solo—. Es una vieja costumbre. Cuando era niña, nos decían que el azúcar era el origen de todos los problemas de salud, y sólo podíamos tomar caramelos o pasteles en ocasiones muy especiales.

—¿Es usted india? —le preguntó Markie con curiosidad—. En el colegio estudiamos a los indios.

Cammy asintió.

—Tengo sangre cherokee, pero mis abuelos eran sioux, y mi otro abuelo era comanche.

—¿Sabe hablar su idioma?

—Hablo un poco de cherokee. Las lenguas nativas se acaban perdiendo si no se mantienen vivas. Intento recordar lo que mis padres me enseñaron.

—El padre de Jon eran lakota, ¿no?

—Sí, un lakota de pura sangre —se rio—. Su madre no me veía con buenos ojos, ya que mi sangre era mestiza.

Joceline se quedó horrorizada al oírla.

—Como ves, hay prejuicios en todas partes. Aun así nos casamos, y durante dos años sus padres no nos hablaron. Pero acabaron cediendo cuando nació Jon.

—Los niños son capaces de obrar maravillas.

—Desde luego.

Joceline no salía de su asombro. Su peor enemiga los estaba invitando a comer y comportándose como una amiga de toda la vida. Tal vez Jon tuviera razón y su madre no fuera lo que parecía ser.

Se metió una cucharada de helado en la boca y frunció el ceño al recordar algo.

—¿Cómo lo supo?

—¿Perdón? —preguntó Cammy, mirándola con extrañeza.

—Alguien entró en mi casa —explicó—. Kilraven y yo creemos que iban por un informe que me había llevado de la oficina. ¿Cómo sabía el ladrón que el informe estaba en mi apartamento?

—¿Se lo dijiste a alguien?

—Sólo a Betty, en la oficina, cuando estábamos tomando café. Pero es imposible que fuera ella. Lleva mucho más tiempo que yo en la oficina y es una de las empleadas más leales.

—¿Quién más hay en la oficina?

—Mucha gente —dijo Joceline—. No sólo los agentes y el personal administrativo, sino también muchos trabajadores a tiempo parcial. Tenemos lingüistas, informáticos, especialistas… Había una trabajadora a media jornada que estaba tomando café con nosotras, pero no pudo haber sido ella. Su padre es un detective de homicidios en el departamento de policía… En fin, supongo que alguien nos oiría y se lo comentaría a otra persona. Ha sido una semana de locos.

—Te entiendo. Me he pasado los últimos años convencida de que mi hijo moriría a manos de algún criminal. Su trabajo es muy peligroso, como el de mi difunto marido.

—Saben lo que hacen —dijo Joceline—. Y no corren riesgos innecesarios.

—Sí, tienes razón. Supongo que me preocupo demasiado —sonrió y bajó la mirada al café—. Espero que mi decisión fuera la adecuada… Jon va a necesitarte.

Joceline se preguntó qué querría decir, pero Cammy se apresuró a cambiar de tema.

Después de comer, Cammy los llevó a casa en un taxi, que pagó ella misma haciendo caso omiso de las protestas de Joceline.

—Es lo menos que puedo hacer.

—Gracias.

—Quieres a mi hijo, ¿verdad?

—Es mi jefe. Es normal que… le tenga afecto.

Cammy la observó con sus oscuros ojos semicerrados. De repente, el niño que se aferraba a la mano de su madre le pareció tan familiar que sintió una punzada en la conciencia. Markie le recordaba a Jon de niño…

Empezó a atar cabos mentalmente. Jon y Joceline habían ido a una fiesta en la que él fue drogado. Eso fue nueve meses antes de que Markie naciera, y el hecho de que una mujer tan religiosa diera a luz sin estar casada…

Se encogió de vergüenza por las cosas que le había dicho a esa joven tan valiente. Ella, Cammy, tenía un secreto que no podía compartir con nadie, ni siquiera a sus hijos. Había sido una decisión difícil e iba a ser dolorosa para otras personas, pero si con ello conseguía salvar una vida…

Se despidió con una sonrisa y una última mirada a Markie y le pidió al taxista que la llevara al hotel. Una vez allí, recibió las instrucciones precisas y llamó a McKuen.

—¿Qué sabes del hijo de Joceline?

—Nada que estuviera dispuesto a revelarte, Cammy —respondió él.

—Hoy he ido a verla al hospital, adonde tuvo que llevar a su hijo por mi culpa —explicó, avergonzada—. Nunca me había sentido tan culpable por algo.

McKuen pareció bajar ligeramente la guardia.

—Un bonito detalle por tu parte.

—Jon me echó de casa —siguió ella—. Ni siquiera quería dirigirme la palabra. Envié a mi amiga Charlene a casa y recordé al pequeño intentando respirar cuando se asustó por mi culpa. Estaba tan arrepentida por lo que hice que llamé a Joceline a su casa, y al no encontrarla supuse que había pasado algo malo y llamé a todos los hospitales de la ciudad hasta dar con ellos. Han recibido amenazas de muerte… ¿Estarán ella y su hijo a salvo en ese apartamento?

—Los hombres la vigilan a todas horas.

—No quiero que la vigile Rourke —dijo ella con firmeza—. Él vive en África y no debería ser su guardián.

—Querías que se casara con él y se fuera a África...

—Eso era antes. Pero al mirar atentamente a Markie me he dado cuenta de que se parece a... Jon, salvo por el color de los ojos y la piel, aunque podría broncearse con el sol, supongo.

—Estás divagando, Cammy.

—¿En serio? Jon fue a una fiesta con Joceline y le echaron una droga en su bebida, de modo que no sabía lo que hacía. Lo único que tengo que hacer es averiguar la fecha exacta de aquella fiesta y del nacimiento de Markie, y para ello puedo contratar a un detective privado.

McKuen dejó escapar un suspiro. No le dijo que él ya había hecho lo que estaba sugiriendo.

—Es mi nieto —Cammy casi se atragantó con la palabra—. ¡Markie es mi nieto!

McKuen vaciló un momento y acabó por admitirlo.

—Sí, lo es. Joceline temía que Jon no la creyera y que sólo pensara que ella intentaba chantajearlo, ya que en aquel tiempo apenas se conocían. Hizo lo que creyó que era mejor y tuvo a su hijo. Lo quiere con toda su alma, y también a su padre.

Cammy cerró los ojos, pero no podía contener las lágrimas.

—He sido muy cruel con ella.

—Ya nos hemos dado cuenta.

Sorbió por la nariz y abrió de nuevo los ojos.

—Pues se acabó. Voy a encargarme de que ese niño y su madre tengan todo lo que necesiten. ¡Y Jon tiene que casarse con ella sin perder más tiempo!

—Te olvidas de un pequeño detalle, Cammy.

—¿Qué?

—Jon no sabe que Markie es su hijo.

Cammy se dejó caer pesadamente en una silla, y Kilraven advirtió el silencio al otro lado de la línea.

—Joceline no se lo dirá. Tiene miedo de que no la crea. La sangre del niño es A positivo, igual que la de Jon. Una prueba de ADN bastaría para confirmarlo.

—Joceline no cambiará de opinión. Es tan testaruda como yo.

—Sí —afirmó Kilraven, riendo.

—Pues tendrás que decírselo a Jon.

—Ni hablar. No voy a decirle nada.

—Entonces lo haré yo.

—No puede decírselo. ¿Cuándo vas a dejar de intentar controlarlo todo? Mira lo que has conseguido hasta ahora.

Cammy se mordió el labio.

—Jon está furioso conmigo. Merezco su desprecio, pero tengo miedo por él. No quiero dejarlo solo en un momento así —no añadió que tenía otra razón para sentirse culpable por la forma en que se habían separado. Sería un golpe muy duro, y aún no estaba segura de estar haciendo lo correcto.

—Se le pasará. Iré a verlo, si quieres.

—¿Lo harías? —le preguntó, esperanzada—. Eso aliviaría mi dolor. Dile que lo siento mucho y que llevé a Joceline y a su hijo a casa desde el hospital.

—Se lo diré. Ya conoces a Jon. Sólo tiene que calmarse un poco.

Cammy volvió a dudar.

—Tengo la tensión alta. Si muero, ¿qué será de vosotros? Tú al menos tienes a Winnie, pero Jon no tiene a nadie. Cierto que tiene un hijo y a una mujer que lo quiere, pero eso él no lo sabe. ¿Qué pasará si muero?

—No vas a morir. ¿No te recetó el médico tus medicinas?

Cammy se retorció los dedos en el regazo.

—Sí.

—Pues tómatelas. Tienes un nieto, Cammy, y otro que está en camino.

—Sí —dijo ella, más animada.

—No puedes morirte todavía.

Cammy ahogó un gemido. No podía decir nada, pero tal vez pudiera prepararlos para lo inevitable.

—Tengo la sensación de que algo horrible va a suceder, así que escúchame, por favor. Quiero que sepas que te quiero muchísimo. A ti y a tú hermano. Díselo, por favor. Si algo pasara…

—¡No va a pasar nada!

Cammy exhaló un hondo suspiro.

—¿Estás seguro?

—Sé que a veces tus presentimientos se han cumplido, pero esta vez no. Vas a vivir mucho tiempo.

Cammy vio una sombra en la pared. Era demasiado pronto, pero de todos modos agarró con fuerza el teléfono.

—Claro.

Kilraven oyó un ruido, seguido de un disparo, luego otro, y finalmente un tercero. Sin colgar, agarró otro móvil que siempre llevaba consigo y marcó un número con dedos temblorosos.

El detective de homicidios Rick Márquez le dijo a Kilraven en la puerta de la habitación del hotel que habían encontrado a Cammy Blackhawk sentada en el sofá, con el teléfono en el regazo y heridas de bala en el pecho y el estómago. La habitación estaba llena de policías tomando huellas y fotografías, detectives y forenses. Fuera, un periodista intentaba en vano que lo dejaran pasar.

A Kilraven tampoco se le permitió la entrada bajo ningún concepto. Rick Márquez lo abrazó con fuerza, sintiendo su resistencia inicial y los espasmos de impotencia a medida que asimilaba el golpe.

—Tranquilo —le dijo en tono amable—. Te recuperarás y harás lo que tienes que hacer.

—Encontraré al hombre que ha hecho esto. Le daré caza aunque tenga que perseguirlo hasta el fin del mundo —masculló Kilraven mientras se apartaba.

—Lo encontraremos —le prometió Rick—. Tengo a todas las fuerzas del orden en alerta.

—Harold Monroe amenazó a mi familia.

—Sí, y está en libertad bajo fianza. Pero ya sabes que Monroe fastidia todo lo que hace —le recordó Rick—. Es extraño que supiera dónde estaba el arma homicida en el caso de tu familia. Esto ha sido un golpe profesional. Limpio y certero. No hay ninguna huella. El asesino sabía lo que hacía. No parece obra de un inútil como Harold Monroe.

Kilraven no respondió. La conmoción y el dolor se lo impedían. Cammy y él habían tenido sus diferencias, pero siempre la había querido. ¿Cómo iba a decírselo a Jon? ¿Y habría más víctimas aparte de Cammy?

—Tengo a alguien vigilando a tu esposa —dijo Rick—. Y Rourke tiene a un hombre vigilando a Joceline y a su hijo. También vamos a vigilarte a ti, Kilraven —añadió—. Quienquiera que haya hecho esto, y no creo que haya sido Monroe, está buscando venganza. Podría ser Jay Copper, que lo haya organizado todo desde la cárcel. Comprobaremos las llamadas y visitas que recibió, y también las de Harold Monroe. Encontraremos al responsable.

—Pues espero que lo encontréis a tiempo —dijo Kilraven—. Primero fueron mi mujer y mi hija, luego mi hermano, ahora mi madre…

—Sé cómo te sientes —dijo Rick.

Kilraven se giró hacia él y lo fulminó con la mirada.

—De acuerdo, no puedo saberlo —admitió Rick—. Pero te prometo por el alma de mi madre que encontraré al asesino.

—Cúbrete las espaldas tú también —le aconsejó Kilraven—. Ya han intentado ir a por ti, y también por mi suegra.

—Tengo a mi mejor detective, Gail Rogers —sonrió—. Deberías decírselo a tu hermano, antes de que den la noticia por la CNN. Hay un periodista ahí fuera.

Kilraven asintió, y Rick lo vio alejarse con gran desazón. Rick estaba haciendo algo de lo que no estaba seguro, confiando en la palabra de un hombre en quien no debería confiar. Pero los Blackhawk confiaban en él, y para que una trampa fuera efectiva se necesitaba un buen anzuelo. Lo único que esperaba era que su seguro médico cubriera los daños cuando la verdad saliera a la luz.

Kilraven voló hasta Oklahoma en el jet privado. Había llamado a Sloane Callum para que lo recogiera en la pista, pero fue uno de los hombres del rancho quien se presentó.

—Sloane lo siente mucho, pero está encerrado en su habitación con un terrible dolor de cabeza —le explicó el vaquero—. Nunca bebe, pero dijo que todos cometemos equivocaciones de vez en cuando.

—Supongo —fue lo único que dijo Kilraven. Ni siquiera le explicó al vaquero por qué había ido al rancho.

Entró en la habitación de Jon, sombrío y taciturno, temiendo la conversación inminente. Jon parecía enfermo y débil, estaba muy pálido y seguía resentido por la repentina marcha de Joceline.

—Cammy y yo tuvimos una fuerte discusión —le dijo a Kilraven—. ¿Te ha enviado ella para intentar hacer las paces?

Kilraven se sentó en la cama, junto a su hermano. Aquello iba a ser mucho más difícil, debido a esa discusión de la que Jon hablaba.

—Tengo malas noticias.

Jon lo miró fijamente.

—No es propio de ti dar rodeos —le dijo con una débil sonrisa, antes de que su expresión se hiciera gélida—. ¿Es Joceline o el niño?

Kilraven negó con la cabeza.

—No, no se trata de ellos. Es… —no podía decirlo. Era demasiado doloroso. Recordó a su mujer y a su hijo. Recordó a Jon en la sala de urgencias.

—¿Cammy?

Kilraven cerró los ojos.

Jon se quedó sin habla, tan aturdido como lo estaba su hermano mayor.

—Estaba hablando conmigo por teléfono. Hubo tres disparos.

La magnitud de la tragedia sobrepasaba a Jon. Su madre había muerto. Jay Copper estaba en la cárcel por ordenar el asesinato de la mujer y la hija de Mac, y Harold Monroe, tras ser acusado de ayudar a perpetrarlo, se había vengado de la familia de Jon matando a Cammy, a su madre, la única persona a la que no se les había ocurrido proteger.

—¡No!

Kilraven abrazó fuertemente a su hermano menor.

—¡No! —volvió a gritar Jon, mojando el hombro de Kilraven con sus lágrimas.

Los dos hermanos, unidos por el dolor y la pérdida, permanecieron un largo rato en amargo silencio.

—Nuestros hombres vigilaban a todo el mundo —dijo Kilraven finalmente—. Excepto a Cammy. Jamás pensé que intentarían ir a por ella. ¿Pero por qué? Cammy nunca le hizo daño a nadie.

—Era parte de la familia —respondió Jon—. Y para Jay Copper la familia lo es todo. Mató a una chica por proteger a su hijo bastardo, ¿recuerdas? Monroe no es su sobrino carnal, pero recuerda que la hermana de Jay Copper se suicidó cuando acusaron a Bart Hancock de haber participado en los asesinatos.

—Monroe puede haberse librado de la cárcel, pero vamos a hacer que pague por esto y por lo de Melly —juró Kilraven—. De nada le servirán sus abogados. Él mismo se condenó al irse de la lengua. Uno de los detectives grabó la conversación de un compañero de celda en la que aceptaba un trato con el fiscal del distrito. Todo el mundo quería al hombre que mató a mi hija, incluido el preso que se ofreció a presentar las pruebas. Ese recluso tenía una hija de la misma edad que Melly.

—¿Monroe tiene hijos? —preguntó.

—No. Su padre estuvo en prisión hace años por un asesinato, o al menos eso hemos oído. Aún no lo hemos comprobado.

—¿Cómo se podría relacionar al hermano del senador, Hank Sanders con todo esto? —Sanders era un ex miembro condecorado de los SEAL que había ayudado a salvar a Kilraven y a la mujer que posteriormente se convirtió en su esposa.

—De ninguna manera. Jay Copper tenía dos hermanas. Una tuvo a Bart Hancock y la otra a la mujer de Harold Monroe. Las dos están muertas. La madre de Bart Hancock se suicidó cuando se hizo pública la implicación de su hijo en el asesinato de tu familia.

—Qué triste…. Para ella, no para su hijo.

—Sí. Tenemos que sacarte de aquí, y rápido.

—¿Y el funeral?

—Será en San Antonio. Cammy vivió allí muchos años y le gustaría estar cerca de nosotros.

—Preferiría enterrarla en Jacobsville —dijo Jon—. No me preguntes por qué. Me parece un lugar más propio para ella que un cementerio urbano.

Kilraven asintió.

—Tienes razón.

Llamaron a la puerta y Sloane Callum asomó la cabeza.

—Lamento lo de la señora Blackhawk —dijo en tono adusto—. Teníamos nuestras diferencias, pera era una buena mujer. Y lamento encontrarme en este estado. No volveré a probar el alcohol, ¡palabra!

—Todo el mundo comete alguna tontería de vez en cuando —contestó Jon—. No pasa nada.

—Puedo asignar más hombres a su protección —se ofreció Callum.

—No es necesario. Voy a volver a San Antonio con mi hermano. Tenemos que preparar el funeral de Cammy. Vamos a enterrarla en Jacobsville.

—¿Se marcha? —le preguntó Callum, visiblemente preocupado—. Aquí estaría más seguro, jefe. ¡No dejaría que nadie se le acercara!

—Lo sé. Gracias. Pero voy a hacer lo que tengo que hacer.

Callum titubeó.

—De acuerdo… Y lo siento.

—Gracias.

Callum abandonó la habitación.

—No me quita ojo de encima —dijo Jon—. Es mejor guardián que los pastores alemanes.

—Supongo que se siente en deuda con nosotros —comentó Kilraven—. Y ahora, en marcha.

Jon se levantó tambaleándose de la cama. La conmoción empezaba a dejar paso a un dolor frío y agudo que nada tenía que ver con la herida.

—Le grité…

—Ella presentía que algo iba a pasar —lo interrumpió Kilraven inmediatamente—. Me dijo que tenía la tensión alta y que nos quería mucho. Sus palabras me resultaron muy extrañas, y en ese momento oí los disparos.

Jon apretó la mandíbula.

—Gracias por decírmelo.

—No sé cómo el asesino sabía dónde encontrarla, a menos que nos estuviera vigilando.

—Parece que es hora de investigar un poco —decidió Jon—. Necesitamos respuestas rápidamente.

—Y que lo digas. Trabajas para una de las mejores agencias del mundo, y seguro que alguno de tus agentes tiene el tiempo y la disposición de investigar a cualquiera que esté relacionado con Jay Copper.

Jon llamó a Joceline para comunicarle la trágica noticia en cuanto llegó a su apartamento de San Antonio. Apenas tuvo tiempo de pronunciar unas pocas palabras cuando ella le preguntó dónde se encontraba y colgó inmediatamente.

Markie estaba en el colegio, vigilado por uno de los hombres de Rourke. A Joceline le costó una fuerte discusión que su guardaespaldas le permitiera salir del apartamento, y al final tuvo que aceptar que el hombre la llevara a casa de Jon.

Entró cuando Jon le abrió la puerta, la cerró tras ella y se lanzó a sus brazos. Él la apretó fuertemente contra su pecho y la meció con suavidad mientras enterraba el rostro en su cuello.

—Ya sé que eres un tipo duro —le dijo ella—. Pero es doloroso perder a una madre… No hay nada malo en sentir pena.

—No —la boca de Jon se presionó con fuerza contra la cálida piel de su cuello—. ¡Joceline…!

Le metió las manos bajo la blusa y le desabrochó rápidamente el sujetador. Ella no protestó ni intentó impedirle que la desnudara y empezara a besarla por todo el cuerpo. No podía levantarla por culpa de la herida, pero la llevó al dormitorio y la tumbó en la cama, antes de despojarse del pijama sin pensárselo dos veces.

Ella abrió los brazos para recibirlo y dejó que la inmovilizara contra la cama con su peso.

—No debería hacer esto… —empezó a decir él, pero ella le hizo bajar la cara y pegó la boca a la suya mientras sentía su repentina y deleitosa embestida.

Jon ahogó un grito al experimentar lo que nunca había sentido. O al menos lo que él creía que nunca había sentido, porque el ritmo con que su cuerpo se movía sobre el de ella le resultaba extrañamente familiar, así como los suaves gemidos de placer de Joceline.

Levantó la cabeza para mirarla y contempló sus pezones rosados y endurecidos, los temblores de su cuerpo y el embelesamiento de sus ojos al mirar la unión de sus cuerpos.

Levantó las caderas para que ella viera mejor. Él miró también. Era una sensación prodigiosa, intensa, única, como hundirse en un pozo de calor y humedad a un ritmo lento y constante. Gimió, jadeó y gritó mientras el placer lo embargaba en una ola deliciosa cada vez que se movía.

Ella observaba su rostro, igualmente fascinada por lo que estaban viviendo. No se parecía en nada a la primera vez, cuando lo hicieron con una rapidez casi frenética. Todo lo contrario. En esa nueva ocasión era algo glorioso y arrebatador. Una escalada de placer que embargaba los sentidos.

Jon le susurraba palabras tan sorprendentes como cariñosas y sonreía al ver y notar sus reacciones. Llevó la mano bajo las caderas de Joceline y les imprimió su propio ritmo. La herida y otras zonas del cuerpo le dolían, pero el placer era tan delicioso que barría cualquier otra sensación.

Cerró los ojos y se estremeció con violencia, acuciado por una necesidad incontenible. Empujó con fuerza, hasta el fondo, sujetándola por las muñecas y mirándola fijamente a sus ojos desorbitados.

—Me voy… —gimió con voz ronca—. ¡Me voy…!

—Jon —gritó ella, arqueándose hacia él—. ¡Jon…!

Él apretó los dientes y empleó todas sus fuerzas en contener la explosión.

—Lo siento… ¡Es muy pronto!

—No… ¡No lo es! —Joceline movió las caderas al frenético ritmo que Jon estaba imponiendo y cambió ligeramente de postura para recibirlo en el punto exacto. Y entonces…

Jon oyó su grito enajenado, seguido por un jadeo tan descriptivo de lo que ambos estaban sintiendo que él gimió con ella y dejó que las convulsiones lo subieran a la cúspide de aquel placer inigualable.

El rostro se le contrajo en una mueca de éxtasis y todo el cuerpo se le estremeció con un temblor que se le antojó imparable. Pero finalmente, y de manera inevitable, se desplomó sobre ella y juntos yacieron inmóviles, pegados, íntimamente unidos y con sus corazones latiendo a la par.

Al cabo de un largo rato, Jon se estiró con dolorosa dificultad y levantó la cabeza para mirarla.

—Joceline…. ¿Por qué esto me resulta tan familiar?

Ella no supo qué responderle. El corazón seguía latiéndole con fuerza y estaba demasiado agotada emocionalmente para disimular su expresión.

—Ya lo había hecho antes, ¿verdad? —adivinó él—. Lo había hecho contigo.

Joceline tragó saliva. Quería negarlo, pero la penetrante mirada de Jon se lo impedía. Él hacía sus conjeturas y relacionaba fechas mentalmente, hasta encontrar las respuestas a unas preguntas que nunca había formulado.

—Markie… Es hijo mío…

Joceline se mordió con fuerza el labio inferior.

—Pensaba que si te lo decía no me creerías, ni tú ni nadie —gimió lastimeramente—. No me conocías. Podrías haber pensado que iba detrás de tu dinero… —cerró los ojos—. No sabía qué hacer.

—De modo que tuviste a mi hijo, pensando que yo no os

aceptaría a ninguno de los dos —descendió hasta ella y la besó en la boca—. Qué tonta eres… ¿Cómo pudiste creer que…? ¡Oh, Dios! —gimió al verse apremiado por el calor que avivaban sus movimientos—. No puedo parar. No quiero parar…

—Yo tampoco —susurró ella, levantando las caderas para recibir las nuevas acometidas de Jon—. Te quiero… ¡Te quiero!

Fue como si aquellas palabras activaran un resorte, porque una vez pronunciadas y escuchadas no hubo contención posible. Jon se hundió en ella con la incomparable sensación de saberse querido y deseado. El dulce calor de su cuerpo femenino volvió a rodearlo y el ritmo se hizo cada vez más rápido y frenético.

—¡Me muero…! —gritó con voz ahogada mientras se estremecía una y otra vez.

Ella gemía y temblaba igualmente bajo sus poderosas embestidas. Lo rodeó con sus largas piernas y empujó hacia arriba en busca de ese punto culminante en la frenética escalada de placer. El clímax parecía resistirse, elusivo hasta hacerla enloquecer, pero finalmente la tensión alcanzó su apogeo y estalló en un orgasmo abrumador y desbordante que hizo vibrar los muelles y el armazón de la cama.

Un rato después, Jon empezó a acariciarla con una ternura que superaba las fantasías más íntimas de Joceline.

—Así es como debería haber sido si no hubiera estado drogado —le susurró él al oído con una voz cargada de regocijo—. Lo habríamos hecho así, despacio y suave al principio, y luego mordiéndome y clavándome las uñas en las caderas —se rio—. No sabía que las mujeres hacían esas cosas. Cuando te oí gritar la primera vez pensé que te estaba haciendo daño, hasta que vi la expresión de tu cara.

Joceline le echó los brazos al cuello y soltó un suspiro de agotamiento y deleite.

—Aquella noche me moría de deseo por ti. Y fue maravilloso, pero al final te descontrolaste y yo no sabía qué hacer. Me dolió y después no hubo tiempo para repetirlo, pues tuve que llevarte al hospital. Y más tarde, cuando descubrí que me había quedado embarazada, tuve que tomar una decisión.

—Tomaste la decisión correcta —le dijo él—. Markie es un chico estupendo… Mi hijo.

—Sí. Tu hijo —le acarició sus largos cabellos negros—. No tienes que casarte conmigo si no quieres…

Jon se rio.

—Creo que será mejor que nos casemos, porque no podré estar mucho tiempo lejos de tu cama.

Los ojos de Joceline se llenaron de lágrimas de alegría.

—Pero antes tenemos que ocuparnos de otros asuntos —se apartó lentamente de ella, fascinado por lo que habían hecho y por la imagen que ofrecían después.

Ella se puso colorada ante su escrutinio, y él sonrió y la cubrió con la sábana. Se puso el pijama y se sentó a su lado.

—Hemos decidido enterrar a mi madre en Jacobsville. Y hay que encontrar al asesino y hacerlo pagar por lo que ha hecho.

—Algunos de tus hombres deben de haber estado vigilando a Harold Monroe desde que salió en libertad bajo fianza —dijo ella—. Empezaremos por ahí.

Él asintió y le apartó el pelo de las mejillas.

—Pero lo primero es comer. Y luego iremos a recoger a nuestro hijo al colegio. Tengo algunas cosas que decirle —añadió con una enigmática sonrisa.

Joceline también sonrió. A pesar de las tragedias que estaban viviendo, volvía a tener esperanza de un futuro feliz.

Jon y Kilraven fueron a la funeraria de Jacobsville para hacer los preparativos. Dos hombres vestidos con trajes y aspecto oficial entraron en una de las salas cuando llegaron los hermanos.

El director de la funeraria parecía inquieto cuando le expusieron el caso. Dudó un momento, les sonrió nerviosamente y los hizo pasar a su despacho. Los dejó allí y pasó a la misma sala donde habían entrado los hombres con trajes. Regresó al cabo de un minuto.

—Bueno, ¿dónde nos habíamos quedado? —preguntó mientras se sentaba y abría un archivo en el ordenador—. Ah, sí, el funeral… Supongo que sabrán que su madre encargó un ataúd cerrado y pidió que nadie, y especialmente sus hijos, la viera.

Aquello era nuevo para los dos hermanos y así se lo hicieron saber.

—¿Cómo lo sabía usted? —le preguntó Kilraven con desconfianza.

El señor Adams se ruborizó y volvió a mirar al monitor.

—Vino a verme hace unos días —dijo rápidamente—. Dijo que tenía un presentimiento y lo arregló todo ella misma.

Kilraven miró a Jon. El director estaba muy rígido en la silla. Obviamente se sentía incómodo con todo aquello.

—Así era ella —dijo Kilraven, y el señor Adams se relajó visiblemente—. Supongo que tiene sentido.

—Ella no querría que la gente la mirase —añadió Jon—. Lo entiendo, porque yo tampoco querría que me viesen.

—Ni yo —añadió Kilraven—. Tendremos que avisar a su pastor, y necesitaremos portadores para el féretro.

—No nos faltarán voluntarios en la oficina —le recordó Jon—. Por eso no hay problema.

—Nosotros avisaremos al pastor —se ofreció el señor Adams—, y nos ocuparemos de todo lo demás. ¿Les gustarían unas flores para el ataúd?

—Sí.

—Llamaré a la floristería.

—¿Ha recibido alguna llamada preguntándole por Cammy? —le preguntó Jon bruscamente.

—De hecho, hemos recibido varias llamadas —respondió el director—. De varios periódicos, un reportero de televisión y un hombre que no quiso identificarse —dijo, leyendo las notas que había dejado en el ordenador—. Me pareció muy extraño.

—Supongo que no grabaría la llamada… —dijo Jon.

El director carraspeó.

—Bueno, nunca habíamos tenido necesidad de hacer algo así…

—Claro que no —corroboró Kilraven.

El señor Adams les explicó resumidamente el servicio y fijaron una fecha para el funeral. Al parecer, Cammy ya había pagado una parcela en el cementerio de Jacobsville. Era donde habían querido enterrarla los dos hermanos, y a pesar del dolor no pudieron evitar una sonrisa ante la previsora eficiencia de su madre.

Jon cenó con Joceline y Markie. Estaba triste por Cammy y así lo demostraba. Al día siguiente iba a volver al trabajo, a pesar de las protestas de todo el mundo.

—Soy perfectamente capaz de trabajar —declaró.

—Acabas de salir del hospital y tu madre ha sido… —empezó Joceline.

—Sí, ya lo sé —la interrumpió él—. Pero la vida sigue, y tú también tienes que volver al trabajo —le sonrió a Markie—. Tú no, me temo. Tú tienes que ir al colegio.

Markie suspiró.

—Está bien, papá.

Jon se puso colorado al oír la palabra.

—Eso suena muy bien.

Markie le sonrió.

—Mi papá trabaja para el FBI. ¡Los otros niños se van a morir de envidia!

Jon y Joceline se echaron a reír.

—Otra cosa que tenemos que preparar es la boda, y rápidamente —dijo Jon.

—¿Puedo ser el que lleve las flores? —preguntó Markie. Los dos adultos volvieron a reírse.

—No, pero sí puedes llevar los anillos. ¿Qué te parece? —le propuso Jon.

—Vale —aceptó el niño, y siguió devorando sus espaguetis.

Jon estaba inquieto. La muerte de su madre, unida a la experiencia con Joceline y su nuevo estatus como padre de Markie, le habían impedido pensar con claridad y asimilar los acontecimientos. Pero de nuevo empezó a encajar todas las piezas del puzzle.

Jay Copper había dicho que envió a su sobrino Peppy a ayudar a Dan Jones a matar a Monica y Melly, la primera mujer y la hija de McKuen. Pero Peppy, alias Bart Hancock, había quedado libre de cargos gracias a la desaparición de una cinta. Los testimonios de oídas, especialmente los de la familia de las víctimas, no bastarían para que un jurado condenara al acusado.

Posteriormente, Jon detuvo a Harold Monroe por tráfico de personas, y el inepto criminal consiguió que retirasen los cargos contra él gracias a que el principal testigo se retractó en su declaración. Alguien había entrado en el apartamento de Joceline. Un informe sobre Bart Hancock había desaparecido. Jon había recibido un disparo por la espalda. Y luego había aparecido un testigo que compartió celda con Monroe mientras él esperaba el juicio por traficar con personas. El recluso llevaba un micro y había grabado a Monroe presumiendo de haber ayudado a matar a una niña de tres años y revelando dónde había escondido el arma del crimen. Aquello valió para volver a arrestarlo acusado de asesinato. Increíblemente, se le concedió la libertad bajo fianza, y poco después Cammy Blackhawk fue asesinada.

Pero había algo que no encajaba en todo aquello, según Joceline. ¿Cómo sabía alguien que se había llevado el informe a su casa? ¿Cómo sabía alguien dónde encontrar a Cammy Blackhawk para acabar con ella? ¿Cómo era posible que alguien como Harold Monroe, incapaz de hablar y pensar a la vez, pudiera dispararles a Jon, a Cammy y a la mujer y la hija de Kilraven? La hermana de Jay Copper y madre de Bart Hancock se había suicidado al enterarse de que su hermano y su hijo estaban implicados en el asesinato de una niña. Bart Hancock había sido acusado de matar niños en Irak años antes, pero nunca fue llevado a juicio. Harold Monroe tenía fama de ser un chapuzas con todo lo que intentaba, y siempre tenía que rescatarlo su sanguinario tío.

Pero Monroe se había jactado de ser el asesino de Melly Kilraven, e incluso había revelado la localización del arma homicida. ¿Sería todo una farsa? La grabación que había conseguido su compañero de celda, el que se había ofrecido a conseguir las pruebas, le parecía a Jon demasiado… oportuna.

Se recostó en el sillón y entornó la mirada mientras tomaba un sorbo de café frío, antes de retomar el hilo de sus pensamientos.

Joceline se había llevado a casa el informe sobre Bart Hancock. No se lo había dicho a nadie, salvo a Betty. Una secretaria a media jornada también la había oído, pero su padre era un detective de homicidios. Era muy improbable que la chica estuviese implicada en un robo.

Y Betty no tenía ningún motivo para atentar contra un colega de la oficina.

Tal vez el teléfono de Joceline estuviese pinchado. Pero si así fuera, Rourke lo habría descubierto con sus aparatos de rastreo. Aquello descartaba la posibilidad de que alguien de fuera hubiera escuchado su conversación.

De modo que las sospechas recaían en el personal de la oficina.

Agarró el teléfono y marcó la extensión de Betty.

—¿Sí? —respondió ella en un tono dulce y amable.

—Hola. ¿Te importa venir a mi despacho, por favor?

—Ahora mismo voy.

A los dos minutos Betty llamó a su puerta, la abrió y entró. Cerró tras ella y se sentó frente a la mesa.

—¿Qué ocurre?

—Joceline se llevó a casa un informe…

—Ah, sí —afirmó ella—. ¡Estaba muy preocupada! Pero le dije que no iban a despedirla por eso, y de todos modos teníamos el original en el disco duro del ordenador. Ella sólo se llevó una copia en papel.

Jon giró el ordenador hacia ella.

—¿Puedes enseñármelo?

—Claro.

Tecleó los datos y esperó, pero nada apareció.

—Qué extraño… No está aquí. Y estoy segura de haber escaneado los documentos en el ordenador.

—¿Qué contenían exactamente esos documentos?

Betty se echó hacia atrás con el ceño fruncido y se apartó su pelo corto y rubio con una mano temblorosa.

—No estoy muy segura, pero creo que no había información confidencial. Sólo algunos comentarios del agente responsable de la detención sobre las amenazas que profirió la madre de Bart Hancock cuando se lo llevaron para interrogarlo por un caso de asesinato. Ah, y también de la hija de Hancock, sospechosa de un asalto y homicidio por el que nunca fue acusada. Era menor de edad por aquel tiempo.

Jon se incorporó en el sillón.

—¿Su hija?

—Creo que era su hija. No recuerdo nada más… —torció el gesto en una mueca de preocupación—. Ahora yo también estoy en un serio apuro. ¡No sé cómo se perdió esa información!

—Hablaré con el Agente Especial al Mando —la tranquilizó Jon—. Nadie va a echarte la culpa de nada. Pero tenemos que saber cómo se perdió ese archivo.

—Examinamos a fondo los historiales de todos los empleados. Es imposible que contratásemos a alguien con antecedentes.

—No todos lo que cometen un crimen tienen antecedentes.

—Sí, algunas personas consiguen eludir a la justicia —lo miró fijamente—. Espero que atrapen al que te disparó, y también a la persona que mató a la mujer y a la hija de tu hermano, y a la señora Blackhawk… —sacudió la cabeza—. Parece que se hayan propuesto eliminar a toda tu familia. Lo que no entiendo es por qué amenazan a Joceline y a su hijo. No tiene sentido. Ellos no son de tu familia.

Pero lo eran, aunque nadie ajeno a la familia lo sabía. ¿O tal vez sí? Jon le había pedido a Joceline el certificado de nacimiento de Markie, pero ella no había puesto ningún nombre en la casilla correspondiente al padre. Por otro lado, estaban el informe médico sobre el incidente que tuvo Jon con las drogas alucinógenas y la partida de nacimiento de Markie. Ambos documentos podían conseguirse fácilmente, y cualquiera que cotejara las fechas podía llegar a la misma conclusión. Su hermano ya lo había hecho, y no era disparatado suponer que alguien más pudiera hacerlo. Tal vez alguien de las fuerzas del orden con acceso a los ordenadores. Y sabían que Jay Copper tenía a alguien dentro. Alguien a quien nunca habían podido identificar y que podía acceder a las bases de datos vedadas a los civiles.

—¿Has descubierto algo? —le preguntó Betty.

—Creo que sí. Sólo alguien de la policía o de una agencia gubernamental tendría acceso a la información de esos ordenadores. Al menos de una forma legal.

Betty frunció el ceño.

—Cualquiera en esta oficina con la autorización pertinente podría acceder a esos datos. Y los despachos no se cierran con llave a la hora de comer…

—Pues deberían cerrarse. Voy a hablarlo con el jefe.

—Buena idea.

—La chica a media jornada que trabaja para ti… ¿Qué sabemos de ella?

Betty se echó a reír.

—¿Phyllis? Su padre es detective de homicidios en la policía de San Antonio —se puso el teclado en el regazo y tecleó los códigos necesarios para acceder a la ficha de Phyllis Hicks—. Se está doctorando en programación de ordenadores. Su especialidad son los delitos cibernéticos y quiere trabajar aquí como agente. De momento trabaja a media jornada y sigue estudiando en la universidad.

Jon miró su foto y se preguntó de qué conocería a aquella chica. Su rostro le resultaba muy familiar.

—¿Quién es su padre?

—Ya lo conoces. Trabajó una vez con Gail. Se llama Dave Hicks y es detective de la policía.

—Sí, lo recuerdo. Mac dijo que Hicks estuvo en el hospital con Márquez cuando dispararon a Rogers… Nunca descubrimos quién le había disparado.

—Otro misterio sin resolver —dijo Betty—. Demasiados disparos. A Márquez le pillaron desprevenido cuando Gail y él se ocupaban del caso del senador Will Sanders.

—Todo nos lleva de vuelta a ese caso y a la detención de Sanders por asesinato. Nadie sabe que es el hijo bastardo de Jay Copper, y Copper está obsesionado con proteger a su familia. Todos los ataques se produjeron cuando empezaron las investigaciones por las que Copper fue finalmente arrestado, el asesinato de una joven que había estado en casa de Sanders. Pero también lo acusaron de conspirar para matar a Dan Jones, implicado en el silenciamiento de los testigos, y de orquestar el asesinato de la mujer y la hija de Mac.

Betty asintió.

—¿La hermana de Jay Copper y madre de Bart Hancock no era una enferma mental? Estuvo internada un tiempo, antes de que Copper empezara a ganar una fortuna trabajando para el senador.

—En efecto. Hancock nunca ha sido muy normal, pero no sabía que tuviera hijos.

—Si la memoria no me falla, sólo tuvo una hija. Su madre y Hancock no llegaron a estar casados, porque ella descubrió lo que él estaba haciendo en el extranjero justo después de haber tenido a su hija. Esta hija sería la nieta de la hermana de Jay Copper que se suicidó.

Jon frunció el ceño.

—¿Sabemos su nombre?

—Creo que estaba en el archivo que ha desaparecido —dijo Betty—. Pero seguro que Joceline podría encontrar la información en un santiamén —añadió con una sonrisa.

—Vamos a comprobarlo —Jon agarró el teléfono—. Rocky, ¿puedes averiguarme el nombre de la hija de Bart Hancock? Sí, el mismo. Gracias.

—¿Rocky?

—Es un chiste entre ella y yo —respondió él—. Y te voy a contar algo antes de que te enteres por ahí… El niño de Joceline es mi hijo. No lo supe hasta hace unos días.

Betty se quedó boquiabierta unos segundos, antes de reaccionar.

—Aquella fiesta en la que te drogaron…

—Sí.

—Joceline es una buena mujer y de firmes principios —sonrió—. Deberías casarte con ella.

—Ya he pedido la licencia —le respondió él, sonriendo antes de ponerse serio—. Pero antes tenemos un funeral.

—Lo siento mucho. Ya sé que tu madre te sacaba de quicio a veces, pero era una buena persona.

Jon tensó los músculos de la cara. Era muy doloroso hablar de la muerte de Cammy.

—Sí. Lo era.

Betty se levantó.

—Voy a redactar un informe sobre la información que se ha perdido.

—Buena idea.

Betty se detuvo un momento en la puerta.

—Me alegra que hayas vuelto —le dijo con una sonrisa, antes de marcharse.

Joceline entró en el despacho un minuto después.

—Ya he averiguado quién es la hija de Bart Hancock.

Jon parpadeó con asombro.

—¿En serio?

—Hancock no se casó con la madre de su hija, pero unos años después ella se casó con un policía, quien adoptó a su hija y le dio su apellido. El policía es ahora detective en la policía de San Antonio. Se llama Dave Hicks.

—Sí, Betty y yo acabamos de hablar de él —se irguió un poco más en el sillón—. Phyllis Hicks es administrativa a media jornada que estudia en la universidad, y sin embargo no sabe ni deletrear. ¿Y sabe que Bart Hancock es su padre biológico?

—Me temo que vamos a tener que averiguarlo.

La hija de Bart Hancock trabajaba en la oficina y tenía acceso a los archivos, las conversaciones telefónicas y cualquier tipo de información que quisiera indagar. Y lo que no pudiera conseguir se lo pedía a su padre adoptivo, quien seguramente no sospechaba nada. Con la información en su poder, Phyllis sólo tenía que facilitársela al sicario de turno.

—¿Cómo se nos ha podido colar una persona así? —exclamó Jon.

—No podemos demostrarlo —le recordó Joceline—. No tenemos ninguna prueba que la incrimine.

—Y tampoco podemos revelar su historial —añadió él—. Su padre adoptivo trabaja en la policía de San Antonio y tiene acceso a toda clase de datos.

—Sí.

—Bueno, al menos podemos iniciar una investigación. Ya tenemos unos cuantos sospechosos.

Joceline asintió.

—Más complicaciones.

Jon la miró con preocupación.

—Debemos estar muy atentos en el funeral de Cammy y ver quién aparece. Queríamos que fuera un servicio privado, pero ella preparó otra cosa.

—Yo estaba pensando en lo mismo.

En la capilla ardiente no cabía ni un alma. Habían acudido casi todos los conocidos de Jon en la oficina del FBI de San Antonio, además de la mitad del departamento de policía de Jacobsville y muchos miembros de otras agencias federales que conocían a los dos hermanos.

—No había contado con tanta gente —le dijo Jon a Kilraven, sentados en la primera fila con Winnie y Joceline.

—Tranquilo. Tengo a varios agentes vigilando —respondió Kilraven en voz baja—. Y he conseguido autorización del juez para poner micrófonos. Vamos a llegar hasta el final en este caso.

Joceline estaba mirando por encima del hombro, y lo que vio casi hizo que se le salieran los ojos de las órbitas.

—¡No me lo puedo creer!

Los hermanos siguieron su mirada de asombro y horror. Harold Monroe estaba entrando por la puerta.

—¡Maldito hijo de...! —masculló Kilraven. Empezó a levantarse con una expresión asesina, pero Jon lo hizo volver a sentarse.

—Ni se te ocurra —le advirtió severamente—. ¿Quieres que el espíritu de Cammy regrese para atormentarnos?

—Mató a mi hija.

—Está acusado, no condenado —le recordó Jon—. Y tú eres un agente de la ley. No puedes tocarlo, así que tranquilízate.

Kilraven se contuvo de mala gana.

Y, por si la sorpresa inicial no hubiera sido suficiente, Harold Monroe, con expresión incómoda pero decidida, recorrió el pasillo de la capilla hasta donde la familia estaba sentada y se detuvo delante de Kilraven.

—Yo no la maté —dijo en voz baja y mirando a su alrededor para asegurarse de que nadie más lo oía.

Jon frunció el ceño.

—¿Qué?

Monroe puso una rodilla en el suelo. Estaba colorado y nervioso, y no dejaba de mirar a todos lados.

—Sé que pensáis que yo soy el responsable de todo, pero yo no soy tan listo. Ayudo a algunos chicos pobres a encontrar trabajo y quizá no sea de la manera más limpia posible, pero nunca he matado a nadie. Nunca. Y mucho a menos a una niña pequeña.

Los dos hermanos lo miraban mudos de asombro.

—Y tampoco a una señora —añadió con voz áspera, mirando el ataúd.

—Le dijiste a tu compañero de celda que mataste a mi hija —le recordó Kilraven, luchando contra sí mismo para no destrozar a aquel tipejo delante de todo el mundo—. Hasta le dijiste dónde habías escondido el arma.

—Sí, la escondí donde me dijeron —Monroe bajó más la voz—. Tenía miedo. Pero podéis buscar las huellas en los cartuchos del arma. Los dejé a propósito, porque quería resarcirme en cuanto tuviese la oportunidad. Esa pobre niña… Esa pobre niña inocente…

¿Sería posible que aquel monstruo tuviera conciencia? Los dos hermanos y las dos mujeres intercambiaron miradas de perplejidad.

—Dijo que mataría a mi esposa. Ella es todo lo que tengo. Es inteligente y trabaja en una biblioteca. ¡Y nunca le haría daño a una mosca!

—¿Quién te dijo eso? —le preguntó Jon.

—Las huellas de los cartuchos os dirán quién es. Tiene una hija que está tan loca como él. Lo acompañó cuando… —tragó saliva—. Pero a ella no la vieron. Él no quería que su padrastro se enterara. Podía conseguir de su padrastro toda la información que quisiera. Pero podéis examinar los cartuchos y descubrir dónde estuvo ella la noche en que mataron a tu hija. Comprobad dónde estuvo cuando… —volvió a mirar el ataúd—. Ya veréis quién es. Vais a ver muchas cosas.

—Tu confesión quedó grabada —dijo Kilraven.

—Sí, sabía que aquel tipo llevaba un micro.

—¿Cómo?

Monroe se estremeció ligeramente.

—No puedo decirlo. Ya he hablado bastante. Lo preparé todo para que me acusaran a mí, y ellos no creían que fuera a chivarme. Estaba dispuesto a cargar con la culpa si dejaban en paz a mi mujer —bajó la voz—. Si se enteran de que os he contado todo esto me matarán sin piedad.

—De eso nada —Kilraven le hizo una seña a un hombre con traje para que se acercara—. Este es Harold Monroe. Si algo le ocurre más te valdrá no haber nacido. ¿Está claro?

—Sí, señor.

Los ojos de Monroe se abrieron como platos.

—¿Vais a protegerme? ¡Estoy en libertad bajo fianza, acusado de asesinato! ¡Confesé los crímenes!

—Haremos que se retiren los cargos —le aseguró Jon—, pero tendrás que testificar lo que sabes. Veremos que se puede hacer con los otros cargos… si dejas de explotar a niños.

Monroe dejó escapar un suspiro.

—No sé ganarme la vida de otra manera. Aunque… tal

vez podría irme a Las Vegas y convertirme en un chulo de alto standing —sonrió, mostrando el hueco de un diente.

Jon sacudió la cabeza.

Monroe se inclinó confidencialmente hacia delante.

—A lo mejor os interesa investigar un poco con la policía de San Antonio —susurró—. La persona de las huellas en los cartuchos está relacionada con Jay Copper. Pero yo nunca os he dicho esto. Averiguadlo por vosotros mismos.

Kilraven asintió.

—Vaya, Monroe… Si esto saliera a la luz acabaría con tu reputación en los círculos del hampa.

—No podéis decírselo a nadie —advirtió él, alzando ligeramente la voz—. ¡A nadie! ¿Está claro?

Kilraven sonrió.

—Haremos por ti lo que podamos —le prometió Jon—. ¿Por qué has esperado hasta ahora?

—Iba a revelar las pruebas del arma, pero temí que nadie me creyera. Sin embargo, cuando mataron a la señora Blackhawk supe que tenía que hacer algo. Era una gran señora —asintió hacia el ataúd—. Mi padre fue encarcelado por asesinato hace mucho tiempo. Era joven y su madre tenía cáncer, y no podía pagar el tratamiento. Cuando salió de prisión vuestra familia lo contrató, le ofreció una nueva vida y confió en él cuando todo el mundo lo despreciaba.

—¿Sloane Callum es tu padre? —exclamó Jon, casi sin poder creerse lo que oía.

—Sí, pero no se casó nunca con mi madre —explicó Monroe—. Él quería contraer matrimonio, pero ella no creía en esas cosas. Era una especie de hippie. En cualquier caso, yo me aseguré de que nadie lo supiera, porque no quería que mi padre perdiera su empleo si descubríais su relación conmigo.

—Es un buen hombre —dijo Jon, furioso por la ineficacia de sus hombres cuando investigaron el historial de Sloane Callum.

—Sí, y ella era una buena mujer —repuso Monroe, volviendo a señalar el ataúd—. Hizo que tú contrataras a mi padre. Ella tampoco sabía nada de mí, pero fue siempre muy buena con mi padre —cerró los ojos—. Si hubiera sabido lo que iban a hacer, se lo habría dicho a mi padre y él la habría protegido.

—Hiciste amenazas por teléfono —le recordó Jon.

—No fui yo —respondió Monroe honestamente—. Tú sólo estabas cumpliendo con tu deber cuando me detuviste. No soy rencoroso. Te llamé para decirte que no tenía nada contra ti. Sólo quería hacerte saber que había salido de la cárcel.

—Entonces, ¿quién…?

—Examina las huellas de los cartuchos —volvió a insistir Monroe—. Es todo lo que… Dios mío.

Estaba mirando hacia la entrada de la capilla. Una joven rubia había entrado y lo miraba con ojos fríos y amenazadores. Monroe se puso en pie, aterrado.

—Sácalo de aquí, ¡rápido! —le ordenó Jon al agente, quien empujó a Monroe hacia la puerta trasera de la capilla sin perder un segundo.

—No nos ha dicho nada —les advirtió Kilraven al resto.

La rubia se acercó a la familia. Su expresión había cambiado y parecía sinceramente dolida.

—Lamento lo de su madre —les dijo en tono compasivo.

—Gracias, Phyllis —respondió Jon—. Apreciamos que hayas venido.

—Mucho —añadió Kilraven. Winnie asintió.

—Sí —confirmó Joceline con una cálida sonrisa.

La mujer los examinó con un extraño brillo en los ojos.

—¿No era ese Monroe, el que fue detenido por tráfico de personas? ¿Qué les estaba diciendo?

—Regodeándose de sus hazañas, como siempre —respondió Jon.

—Kilraven quería destrozarlo, pero Jon no se lo permitió —añadió Joceline con voz seca—. No sé cómo se atreve a venir aquí después de lo que ha hecho.

La joven se encogió de hombros, pero no pudo ocultar el destello de alivio en sus ojos.

—Bueno, sólo he venido para expresarles mis condolencias por la señora Blackhawk—. Ha sido una terrible tragedia… Y no es la primera en su familia.

—Sí, ha habido unas cuantas —afirmó Kilraven—. Y una más que añadir a la lista.

—Debe de ser terrible… ¿Tienen alguna idea de quién puede haberlo hecho? Betty me habló de las amenazas de Monroe.

—Va a pagar por ello muy pronto —declaró Jon.

Phyllis sonrió.

—Espero que así sea. Bueno, los veré a todos en la oficina.

—Sí —respondió Jon—. Gracias por venir.

—No hay de qué —la joven miró con curiosidad el ataúd, les sonrió y fue a sentarse al fondo de la capilla.

Los Blackhawk se miraron entre ellos, pero nadie dijo nada. Jon agarró con fuerza la mano de Joceline mientras una voz dulce y clara empezaba a cantar *Amazing Grace*, el himno de gospel favorito de Cammy. A pesar de sus esfuerzos por contener las emociones, los ojos de Jon estaban llenos de lágrimas cuando las últimas notas se apagaron.

Igual que los ojos de todos los que abarrotaban la capilla.

Alice Mayfield Jones Fowler, la investigadora jefe, había hecho bien su trabajo. Y así se lo demostró a Jon cuando este fue a verla al laboratorio a hablarle de las huellas de los cartuchos.

—Las encontramos inmediatamente. Los criminales siempre pasan por alto los detalles más obvios. Las huellas de Monroe estaban en la culata, pero había huellas de alguien más en los cartuchos. No fue muy inteligente volver a meterlos en el arma después de haberlos disparado.

—Tú siempre metes cartuchos vacíos en la recámara cuando guardas un arma —observó Jon.

—Sí, es verdad. Me refería a volver a meter los cartuchos usados, con sus huellas por todas partes. Sólo me estaba asegurando de que lo sabías.

—Alice…

—El caso es que había otras huellas, y pertenecen a Bart Hancock.

Era lo que Jon había pensado desde el principio. Harold Monroe era un inútil que nunca había matado a nadie ni había estado relacionado con ningún asesinato. Traficaba con niños, pero no era un asesino.

—¿Y ahora qué? —preguntó, pensando en voz alta.

—Ahora vas a conseguir una orden de registro y… —empezó ella.

—¡Alice!

—Sólo estaba pensando en voz alta —protestó ella—. Ya sé que el FBI no necesita que lo lleven de la mano en una investigación criminal —se rio y enseguida se puso seria—. Siento lo de tu madre. Ninguno nos esperábamos que pudieran ir a por ella.

—Me siento culpable por no haberlo previsto.

—Eres humano, Blackhawk —le dijo ella amablemente—. No te castigues de esa manera. Si puedes relacionar el arma homicida con Hancock, tendrás la prueba que necesitas. Y por cierto, había otras huellas en los cartuchos, pero no aparecen en nuestra base de datos.

—Qué extraño… —murmuró Jon—. ¿Alguna idea?

—No. Tal vez Hancock te lo diga si logras hacerlo hablar. Hemos descartado a Dan Jones. Sus huellas no aparecían en los cartuchos.

—Todavía más extraño. Aunque… es posible que tenga algo mejor.

—¿De qué se trata?

—Oh, no, no. No pretenderás que te lo diga, ¿verdad? En cuanto me descuidara irías a venderle el guion a algún productor de Hollywood.

—Vaya por Dios… ¡Mi gozo en un pozo!

—¿Estás trabajando en el caso de mi madre?

—Eso pensaba hacer, pero no me dejaron entrar en la habitación del hotel. Márquez dijo que ya tenían a otro investigador ocupándose del caso.

Aquello sí que era extraño, pensó Jon. Normalmente Márquez le pedía a Alice que se hiciera cargo de la investigación.

—Supongo que llegué tarde a la escena del crimen —se lamentó ella con un suspiro.

—Puede ser.

—Pero si necesitas ayuda…

—Te llamaré. Y gracias por todo.

—No hay de qué.

Jon ya estaba convencido de que Hancock era el responsable de las muertes de Melly y de Cammy. Aún tenía que averiguar el papel de su hija en ambos crímenes, pero no iba a consentir que aquel hombre quedara en libertad.

Pero cuando telefoneó a Rick Márquez para pedirle una copia del informe policial sobre la muerte de su madre, se encontró con una inesperada negativa.

—No —rechazó Rick de manera tajante.

—¿Cómo que no?

—Aún no.

—Lo único que quiero es el informe preliminar…

—Aún no —repitió Rick—. Este caso es personal para ti, y por ello no voy a facilitarte nada sobre el mismo, ni informes ni fotos de la escena del crimen.

—Puedo conseguir una orden judicial.

—Y yo encontraría a un juez que la revocase. Tal vez el mismo juez que dejó salir a Monroe bajo fianza. Hablando de Monroe... no lo encontramos por ninguna parte. ¿Sabes tú algo?

—¿Yo? ¿Por qué iba a saber nada?

—Estuvo hablando contigo en el funeral y luego desapareció sin dejar rastro.

—¡Qué extraño!

—Sí, ¿verdad?

Jon respiró profundamente.

—He hablado con Alice Jones.

—Alice Fowler —le corrigió Rick. Jones era su apellido de soltera, pero estaba casada con Harley Fowler, el hijo de un senador.

—Sí, eso. Me ha dicho que encontraron huellas dactilares en los cartuchos del arma que mató a mi sobrina.

—Es cierto. Estamos reuniendo pruebas para conseguir una orden de arresto contra Bart Hancock.

—Buena suerte... —dijo Jon en tono sarcástico—. ¿No está ahora mismo en las Bahamas?

—Eso he oído.

—El proceso de extradición puede alargarse mucho, incluso con las pruebas.

Rick guardó un largo y sospechoso silencio.

—Sí.

—¿Qué ocurre, Márquez?

—¿Por qué crees que ocurre algo?

—Un presentimiento.

—No puedo decírtelo.

—¿No puedes o no quieres?

—Ambas cosas —otra pausa, en la que se oyeron unas voces apagadas—. Lo siento, tengo que irme. Te mantendré al tanto de la investigación. Y siento lo de tu madre.

—Sí, nosotros también.

—Estaremos en contacto —dijo antes de colgar.

Jon dejó el teléfono muy despacio. Sonrió y apretó un botón. Parecía que las cosas empezaban a ir mejor.

—No me puedo creer que Harold Monroe se presentara en el funeral y afirmara ser inocente —le dijo Joceline a Jon aquella noche en su apartamento, mientras veían como Markie dibujaba un camello que había visto en las noticias.

—Yo tampoco, pero me alegro.

—Y yo.

—Creo que podremos resolver más de un asesinato cuando se reúnan todas las pruebas —sacudió la cabeza con pesar—. Es increíble. Mi hermano y yo trabajamos para el FBI y ninguno sabíamos que el padre de Monroe trabajaba en el rancho. Seguro que de haberlo sabido lo habríamos culpado de la muerte de Cammy, dado su historial.

—Es lógico.

—Supongo que hasta los criminales tienen algo de honor.

Joceline acarició los negros cabellos de su hijo.

—Sabes dibujar muy bien, cariño.

—Sí que es verdad —corroboró Jon. Le quitó el lápiz y levantó a Markie para colocárselo en el regazo—. Te pareces a mí —le dijo en tono afectuoso—. Es increíble que no me diera cuenta antes.

—Tú eres mucho más grande que yo —observó Markie, y se puso a reír con las cosquillas de Jon.

—Me encanta ser padre —dijo Jon, dándole un fuerte abrazo.

—¡Papá, me estás espachurrando! —se quedó el niño, y Jon lo devolvió a la mesa donde estaba dibujando.

—De todas las sorpresas que me he llevado en mi vida,

esta ha sido sin duda la mejor —comentó con un suspiro de dicha. Miró a Joceline y se deleitó con su expresión dulce y familiar—. Tendrías que habérmelo dicho —le reprochó, pero con una voz llena de ternura.

—Sabes por qué no lo hice —lo agarró de la mano—. Creía que sería un duro golpe en tu vida y tu carrera profesional. Y sabía que tu madre haría todo lo que estuviera en su mano para mantenernos alejados de ti… Pero bajo esa fachada arisca se escondía una persona maravillosa, y lamento no haber tenido el tiempo para llegar a conocerla.

—Yo también lo lamento —la expresión de Jon se tornó triste y melancólica—. Ha dejado un vacío irreemplazable.

Joceline se sentó en su regazo y lo abrazó.

—El tiempo cura todas las heridas.

Jon la apretó con fuerza y enterró la cara en su cuello.

—Sí.

—¿Estás triste, papá? —le preguntó Markie, acercándose—. Es porque mi abuela ha muerto, ¿verdad?

—Sí —le respondió Jon con una débil sonrisa—. Es por eso.

—Al principio fue muy mala, pero luego nos invitó a helados —suspiró de pena—. Ya no tendré abuela.

—Lo habría mimado demasiado —comentó Jon cuando Markie volvió a sus dibujos.

—Y que lo digas —corroboró Joceline.

—Me preguntó qué se traerá Rick Márquez entre manos —murmuró él.

—¿Por qué lo dices?

—No me permitió ver el informe policial sobre Cammy.

—¿No?

Jon la miró fijamente.

—Tú podrías conseguirlo.

—Esos archivos están protegidos por cortafuegos y…

—Y tú puedes piratearlo todo.

Joceline hizo un mohín con los labios.

—Casi todo.

—¿Lo harás?

—Bueno… si llevas a Markie a que me visite en la cárcel —dijo en voz baja.

—Te conseguiré el mejor abogado criminalista de San Antonio —prometió él.

—Está bien. Usaré una identidad falsa y cruzaré los dedos —se levantó y fue al ordenador de la mesa del comedor. Diez minutos después volvió junto a Jon, con el ceño fruncido.

—¿Qué ocurre?

—No hay archivos.

—¿Cómo?

—No hay nada. Ni fotos, ni documentos, ni pruebas, ni nada.

—Eso no es posible. Es un caso de asesinato.

—Lo sé. Pero no hay nada.

Jon intentó buscar una explicación racional.

—Sólo han pasado unos días… Tal vez no hayan tenido tiempo de descargar las fotos y las pruebas.

Joceline no le respondió, y Jon llamó rápidamente a su hermano.

—Mac, no hay ningún informe sobre el asesinato de Cammy.

—¿Has intentado que Joceline piratee los archivos protegidos de la policía? —le preguntó él.

—Sí.

—Y dices que no hay nada.

—Exacto.

—Veré lo que puedo averiguar —dijo, antes de colgar.

—Mac va a investigarlo —le comunicó Jon a Joceline—. Esto es muy extraño.

Joceline también le daba vueltas a la cabeza. A Kilraven no se le había permitido la entrada a la escena del crimen. Había dos desconocidos en la funeraria, y Jon había dicho que el director se quedó desconcertado cuando le hablaron de un ataúd abierto para el funeral. Si a eso se le añadía que no había informe del caso, se llegaba a una conclusión impactante.

Miró a Jon y por su expresión supo que había llegado a la misma conclusión que ella.

—No había motivos para que hicieran un montaje —dijo Joceline.

—A menos que supieran que había un complot para matarla y lo preparasen todo para salvarla —respondió él—. Tal vez querían conseguir pruebas que pudieran usar contra el asesino y tener más tiempo para investigar.

—Tiene sentido.

Jon se sintió súbitamente más animado ante la posibilidad de que Cammy estuviera viva y escondida en algún sitio, y que Márquez les hubiera negado toda información sobre el caso porque sospechaba de alguien que trabajaba con ellos.

Joceline lo agarró fuertemente de la mano.

—Podríamos estar equivocados. Es una teoría muy arriesgada.

—Lo sé.

—¿Crees que han puesto micrófonos aquí?

—Si es así, sabemos quién lo ha hecho —respondió Jon—. El asesino no pudo haber instalado ningún aparato de escucha en esta casa.

En ese momento sonó el teléfono móvil de Jon.

—Sí, hay micrófonos en el apartamento —informó una voz con acento sudafricano—. Y sí, alguien puso aparatos de escucha, pero los encontré todos —una risita—. Vuestras conclusiones son muy interesantes, pero no voy a corroborarlas ni refutarlas. Tendréis que esperar los resultados, como todos nosotros.

—¿Dónde está Sloane Callum? —preguntó Jon.

—En un lugar seguro. Arriesgó su vida para ayudarnos.

—Hay alguien muy peligroso ahí fuera.

—No lo sabes tú bien… Hemos hecho unos descubrimientos muy inquietantes. Por ahora no puedo decir más.

—¿Tienes a alguien vigilando a mi hermano y su mujer?

—Sí, y también a ti, a Joceline y al niño.

—De acuerdo. Pero te recuerdo que trabajo para la agencia de seguridad más importante del país.

—Lo que te daría carta blanca en esta investigación, si no fuera porque tienes a un par de sospechosos en tu oficina.

—¿Un par?

—No puedo decir más. Y no intentes presionar a Márquez. Lo he entrenado yo mismo en las labores de contraespionaje y es incorruptible.

Jon masculló una palabrota.

—Ten paciencia —le recomendó Rourke—. Te gustará el resultado.

—Está bien —aceptó él con un suspiro—. Gracias, Rourke.

—Puede que mañana sucedan algunas cosas muy extrañas —dijo Rourke—. Estate alerta y no vayas a ningún sitio solo. Y que Joceline no salga del edificio sin ti.

—¿Qué pasa con mi hijo?

—Tenemos dos agentes en la escuela. Te doy mi palabra de que estará a salvo, y ya sabes que no doy mi palabra así como así.

—Más te vale.

—Una cosa más —añadió Rourke.

—¿Sí?

Se produjo una pausa y Jon oyó a alguien más hablando de fondo antes de que Rourke volviera al teléfono.

—No puedo decir más. Confía en mí. Mi corazón está con vosotros.

—¿No fue algo parecido lo que dijo Napoleón antes de Waterloo?

—El experto en historia militar es tu hermano, no tú —le recordó Rourke—. Intenta descansar, porque vas a necesitarlo —colgó y Jon miró con gran preocupación a Joceline y a su hijo.

No sabía qué ni cuánto decirle a Joceline. Lo único que podía hacer era confiar en que el responsable de aquel plan supiera lo que estaba haciendo.

Al día siguiente, sentada ante el ordenador, Joceline transcribía un montón de documentos varios con la cabeza en otra parte. Estaba preocupada por algo que Jon le había dicho. Le había advertido que estuviese alerta, nada más, y parecía estar más tenso que de costumbre, como si un peligro los estuviera acechando.

Phyllis Hicks se había presentado al trabajo y estaba hablando con otros administrativos en su planta. Joceline intentaba no prestarle mucha atención, pero la verdad era que estaba nerviosa. Los ojos de la joven tenían un brillo extraño aquel día, casi maniaco.

Joceline evitó su mirada, pero cuando la joven se detuvo junto a su mesa no le quedó más remedio que mirarla y sonreír, como si no supiera nada de su pasado.

—Hola, Phyllis, ¿cómo te van las clases?

Phyllis arqueó una ceja.

—Tienes fama de conseguir la información que nadie más puede encontrar —le dijo en voz baja—. Por lo que sin duda habrás averiguado algo sobre mí que los demás agentes no supieron ver. Creía haberlo ocultado todo muy bien —añadió con una gélida sonrisa—. Pero supongo que se me pasaría algo por alto.

—¿Perdona? —preguntó Joceline en tono despreocupado y con una sonrisa inexpresiva.

—Sabes quién es mi verdadero padre.

—¿Ah, sí? —volvió a sonreír.

—Déjate de juegos —espetó Phyllis con un destello feroz en la mirada—. Márquez y sus amigos han estado vigilándome. Me lo ha dicho mi padre. Él me lo cuenta todo, ¿sabes? Dice que así me ayuda a aprender mi trabajo.

—¿Ah, sí?

Phyllis apoyó las manos en la mesa y se inclinó hacia delante para que nadie más pudiera oírla.

—Me ha dicho que tienen un informe sobre mí. Cree que intentan condenarme por un intento de asesinato, pero yo le dije que era todo mentira y se quedó espantado de que un buen detective como Márquez persiguiera a una chica tan buena e indefensa como yo.

—¿Las víboras son indefensas? —preguntó Joceline.

—Nunca encontrarán pruebas suficientes para condenarme —susurró ella con una petulante sonrisa, y empezó a hablar de manera rápida y atropellada, como si fuera incapaz de contenerse—. Convencí a mi padre verdadero de que me dejara ir con él para cerciorarnos de que Dan Jones hacía su trabajo y liquidaba a la hija de Kilraven. Yo sólo tenía diecisiete años, pero mi padre ya me había enseñado a disparar. Dan Jones era un blandengue y se puso a llorar delante de la cría. Le quité la escopeta y la maté sin vacilar. Fue muy fácil. Mi padre dijo que tenía un don —los ojos le brillaron con un destello asesino mientras Joceline intentaba contener las arcadas—. Convenció a Jay Copper para que me encargara algunos trabajos sucios, aprovechando que yo tenía acceso a muchos lugares que a ellos les estaban vedados. Mi padrastro me brindaba información de todo tipo y nunca sospechó que yo se la pasaba a mi verdadero padre. Nadie sospechó nunca de mí, ni siquiera cuando sacaba las armas de la sala de pruebas —se rio, pero enseguida apretó los músculos de la cara—. ¡Hasta que ese idiota de Monroe tuvo que meterse por medio y reclamar todo el mérito para él! Empezó a irse de la lengua y acabó revelando dónde estaba la escopeta. Nunca debí decirle a mi padre dónde la había escondido. ¡Hoy día nadie sabe mantener la boca cerrada!

—Mataste a una niña —dijo Joceline, conmocionada por la aterradora confesión.

—¿Qué más da una niña menos en el mundo? —replicó ella con una frialdad espeluznante—. Iba a matar a tu hijo, pero no me dejaron. Dijeron que matar al hijo de su secretaria no le haría tanto daño como matar a su madre —volvió a reírse cruelmente—. Así que descubrí dónde estaba su madre, escuchando las conversaciones con su hijo. Me hice con un revólver al que borré el número de serie y la maté en su habitación de hotel mientras hablaba por teléfono con Kilraven —se rio con más fuerza—. Fue muy divertido… ¡Imagínate cómo debió de sentirse al oírla morir sin poder hacer nada!

Joceline no salía de su asombro. Aquella mujer le estaba confesando dos asesinatos en una oficina del FBI, pero sin micrófonos ni aparatos de escucha no había nada que hacer.

—Estás loca —fue lo único que se le ocurrió decirle.

—¡No digas eso! —le espetó la joven—. Dijeron lo mismo de mi abuela porque se suicidó cuando mi padre le contó lo que yo había hecho. No pudo soportarlo y se tomó una sobredosis de pastillas —adoptó una postura rígida y erguida—. Era débil, pero yo soy fuerte. Puedo hacer cualquier cosa, como mi padre. Él mató a Dan Jones. En esa ocasión no me dejó ir con él, pero me lo contó todo. ¡Fue muy emocionante! —los ojos volvieron a brillarle de manera sobrecogedora—. Me contó que Jones se puso a llorar y a suplicarles a mi padre y a Jay Copper que no lo mataran. Al muy estúpido le había dado por el rollo de la religión. Iba a delatar a Jay Copper y a mi padre. A Copper lo cazaron, pero mi padre consiguió escapar y tampoco podrán atraparme a mí. Y en cuanto a Harold Monroe, tiene las horas contadas. Ni siquiera forma parte de nuestra familia. ¡Sólo está casado con mi tía!

—Encontrarán pruebas para condenarte —le aseguró Joceline—. No te saldrás con la tuya.

—¿Quién va a detenerme? —se mofó ella—. ¿Y basándose en qué… en tu palabra? Kilraven y su mujer dijeron que le oyeron decir a Jay Copper que mi padre lo ayudó a matar a la niña, pero sin la cinta no pudieron hacer nada. Era su palabra contra la de mi padre.

—¿Cómo desapareció esa cinta?

—La robé de la sala de pruebas —respondió Phyllis con una sonrisa de autosuficiencia—. Y enviamos a un amigo a tu casa para que se llevara los informes que demostraban que yo era la hija ilegítima de mi padre. Luego borré los archivos del ordenador central de la oficina… Esto de trabajar para el FBI tiene sus ventajas.

—No creas que vas a salir impune —le advirtió Joceline.

—¿Por qué no? Nunca me han acusado de nada… —entornó amenazadoramente los ojos—. Tu hijo ha tenido mucha suerte hasta ahora, ¿no?

Joceline se levantó y se inclinó hacia ella.

—Como le toques un solo pelo a mi hijo, no habrá lugar sobre la faz de la tierra donde puedas esconderte.

—¿Crees que puedes detenerme?

—Alguien tiene que hacerlo, antes de que sigas haciendo daño. Estás completamente loca.

—¡No… me llames… eso! —Phyllis se abalanzó sobre ella, veloz como un rayo, y le agarró el cuello con las manos—. ¡No estoy loca! —le clavó las uñas en la carne y a Joceline empezó a faltarle el aire. Si alguien no acudía pronto en su ayuda, moriría estrangulada a manos de aquella psicópata.

—Ya es suficiente, señorita —dijo alguien por encima del

hombro de Phyllis. Unos segundos después estaba esposada e inmovilizada.

—¿Pero qué…?

Joceline apenas podía mantenerse en pie. Jon la rodeó con el brazo y le examinó la garganta con una mueca de preocupación. Ella sólo pudo sonreírle con alivio, incapaz de hablar.

—Nos costó un poco atar los cabos sueltos —le dijo el detective Márquez a la joven asesina que estaba fuera de sí—, pero ya estamos aquí —les hizo una seña a los dos agentes de uniforme que habían acudido con él, uno de los cuales agarraba a Phyllis por el brazo—. Voy a leerte tus derechos, no vaya a ser que un astuto abogado aproveche ese pequeño fallo técnico en tu defensa —procedió a leérselos en voz alta y clara.

—¡Me has tendido una trampa! —exclamó Phyllis, mirando llena de odio a una Joceline, que aún estaba aturdida.

—En realidad ha sido Rourke —le aclaró Jon—, con la ayuda de los detectives Márquez, aquí presente, y Gail Rogers. Puedes estar segura de que las cintas no volverán a desaparecer. Tu padrastro está en comisaría, intentando explicar cómo te ayudó a entrar en la sala de pruebas.

—¡No les dirá nada! —gritó ella.

—¿Tú crees? Se jubila dentro de seis meses, así que les dirá todo lo que necesiten saber —los ojos de Jon eran fríos como el hielo—. Mataste a mi sobrina y a mi madre. Te juro que estaré presente en todas las vistas para asegurarme de que no te conceden la libertad condicional. No saldrás jamás de prisión.

—Antes tendrán que condenarme —dijo Phyllis en un tono mucho más dulce y calmado—. No tienen pruebas contra mí.

Jon la miró con desdén.

—¿Nunca se te ocurrió que hay que limpiar las huellas de los cartuchos además del arma?

Phyllis se quedó momentáneamente en blanco, hasta darse cuenta de lo que le estaba diciendo.

—¡Monroe! —se puso a chillar como una energúmena—. ¡Ese maldito idiota les dijo dónde estaba escondida el arma!

—Cargó con las culpas para salvarte a ti —mintió Jon.

—¿Cómo? —preguntó ella con asombro—. Monroe me odia.

—Sois familia, ¿no? —Jon se sorprendió a sí mismo defendiendo a Monroe.

—Supongo… —suspiró con frustración—. Pero mi padre se encargará de él por lo que me ha hecho.

—No lo creo —intervino Kilraven, apareciendo junto a ellos. Le sonrió fríamente a la asesina de su hija de tres años y reprimió el impulso de partirle el cuello antes de encerrarla—. Tu padre ha sido arrestado y acusado de ser cómplice en el asesinato de mi mujer y mi hija. Había huellas de dos personas en los cartuchos de la escopeta —no añadió que no podrían identificarlas oficialmente hasta que hubieran tomado las huellas dactilares de Phyllis.

La joven se quedó sin habla y con el rostro congestionado por la ira. Se puso a despotricar de un modo tan salvaje y violento que Jon ordenó a los agentes que se la llevaran, por temor a que Kilraven pudiera hacer algo de lo que luego se arrepintiera.

El detective Márquez se acercó a Jon y Kilraven con las manos en los bolsillos y una mueca de remordimiento.

—Me temo que aún hay más.

—¿A qué te refieres? —le preguntó Jon.

—Tenéis que prometerme que no me haréis nada —les dijo a los dos hermanos—. No se me ocurrió otra manera de salvarla, sobre todo cuando Sloane Callum me llamó para decirme que se había enterado de que iban a matar a Cammy Blackhawk en cuanto llegara a su hotel. A todo esto yo ya conocía el árbol genealógico de Jay Copper, de modo que se me ocurrió dejar que la asesina creyera que había eliminado a su víctima y… La verdad, no sabía que Rourke fuera un experto en efectos especiales.

—¿Efectos especiales?

—Lo siento, estaba pensando en el currículum de ese tipo. Sí, Sloane llamó a Monroe y le hizo que fuera a ver a Phyllis. Él sabía que tipo de arma iba a usar Phyllis, y aprovechó un despiste suyo para cambiarle el cargador. Phyllis sólo disparó balas de fogueo desde una posición oculta, y gracias a las cargas explosivas colocadas en un chaleco Kevlar pareció que era munición de verdad lo que impactaba en el pecho de Cammy. Phyllis se marchó sin molestarse en comprobar si estaba muerta. Y menos mal, porque si se hubiera acercado al cuerpo todo el plan se habría ido al traste.

—Espera un momento… —balbuceó Jon—. ¿Cammy no está muerta?

—¿Está viva? —preguntó Kilraven, tan aturdido como Jon.

—Está viva y maldiciéndome por haceros creer que la habían matado —dijo Márquez con un suspiro de resignación—. Mi seguro médico cubre todo tipo de daños y lesiones, así que si queréis darme una paliza…

Los dos hermanos lo agarraron a la vez y le dieron un fuerte abrazo. Incluso Jon, famoso por evitar las muestras públicas de afecto.

—¡Una jugada maestra! —exclamó Joceline, riendo de alegría—. Ahora comprendo que no les permitieras a Kilraven ni a Alice Fowler visitar la escena del crimen ni tener acceso al informe del supuesto asesinato.

Márquez la miró con cara de pocos amigos.

—Sí… a pesar de tus intentos por piratear mi ordenador.

—¡Ups! —Joceline se puso colorada y no supo qué decir.

—Por suerte para ti, yo no sé nada al respecto —la tranquilizó Márquez.

—¡Genial! Estaría horrible con un mono naranja de presidiaria.

—¿Dónde está Cammy? —preguntó Jon.

—En el rancho —respondió Márquez—. Sloane dijo que era el lugar más seguro y que mataría a cualquiera que intentara acercarse a ella. Estaba indignado por que una pariente suya fuera la responsable de todo, aunque sólo fuese por parte de la familia política de su hijo.

—Harold Monroe es el hijo de Sloane —le recordó Jon.

—Sí, lo sé. Su compañero de celda grabó sus confesiones —se echó a reír—. En todos mis años en el Cuerpo jamás había visto un caso como este. Bueno, salvo aquel caso en el que la esposa de un senador fue a la cárcel por un horrendo asesinato. También estuvieron implicados Judd Dunn y Cash Grier.

—Lo recuerdo —dijo Kilraven—. El senador era el mejor amigo de Dunn. Fue todo muy trágico. ¿No se casó el senador con su secretaria?

—Sí, y tuvieron dos hijos. Él se retiró de la política y ahora se dedica a proponer leyes para ayudar a los granjeros.

—Un final feliz.

—Quiero ver a Cammy —dijo Jon.

—Y yo —afirmó su hermano.

—Iremos todos a verla —propuso Joceline—. ¿Puedes pedirle al jefe el resto del día libre? —le preguntó a Jon.

—Eso está hecho —dijo él con una amplia sonrisa.

—Yo vuelvo al trabajo, antes de que la sorpresa y el alivio dejen paso a las represalias —dijo Márquez, mirando con inquietud a los hermanos.

—No vamos a darte una paliza —protestó Jon.

—O al menos no demasiado fuerte —corrigió Kilraven, sonriendo.

Cammy los estaba esperando en la puerta. Abrazó a sus hijos con todas sus fuerzas y estuvo derramando lágrimas durante un buen rato, igual que ellos. Finalmente los soltó y abrazó a Joceline y a Winnie, y se agachó para abrazar también al pequeño Markie, que se había asustado al ver tantas lágrimas.

—No pasa nada —lo tranquilizó su madre—. Son lágrimas de alegría. Creíamos que tu abuela estaba… bueno, que no volveríamos a verla.

—Ya lo sé. Hubo un funeral y yo no pude ir —miró con cariño a su abuela y le tocó su elegante recogido de cabellos negros con canas—. Me alegro de que no hayas muerto, abuela.

Los ojos de Cammy volvieron a llenarse de lágrimas.

—¡Yo también, cariño! —sollozó mientras lo apretaba contra su pecho—. ¡Yo también!

Unos días después, todos se sentaron frente a la gran chimenea del salón para hablar de los terribles sucesos de los últimos meses.

Sloane Callum entró en el salón con el sombrero en una mano y permaneció de pie con expresión vacilante. Jon se levantó y fue hacia él, mirándolo fijamente con sus ojos negros.

—Lo sé, estoy despedido —dijo Callum—. Os tendría que haber hablado de mi hijo hace tiempo, pero temía que si lo hacía dejarais de confiar en mí.

Jon lo abrazó con fuerza.

—Le salvaste la vida a Cammy. Y tu hijo nos ayudó a encontrar a la asesina de mi sobrina Melly y la primera esposa de Mac —le puso las manos en los hombros—. No puedes irte, Sloane. Estamos en deuda contigo.

—Todos —confirmó Kilraven.

—Sobre todo yo —dijo Cammy, sonriéndole a Callum—. Desde el principio supe que eras muy necesario. Y no me equivocaba —les lanzó una mirada de reproche a sus hijos—. Siempre tengo razón, de modo que deberíais escucharme cuando os digo lo que es mejor para vosotros.

—Querías que me casara con Charlene —le recordó Jon.

—Y querías que yo dejara de ver a Winnie —añadió Kilraven.

—¡Dos pequeños errores de nada! —se quejó ella, alzando las manos en el aire. Todos rieron—. De ahora en adelante, intentaré ocuparme de mis asuntos sin meterme en los vuestros —se sentó junto a Joceline—. En cuanto a ti, quiero decirte un par de cosas... Tienes que llevar a Markie a un especialista pulmonar para que le hagan las pruebas pertinentes. Yo correré con los gastos. También necesitas un vestido de novia decente. Podemos ir a Neiman Marcus a elegir uno. Y tenemos que pensar en otro color para el apartamento de Jon...

Jon y Kilraven se pusieron en pie.

—Vamos a tomar una cerveza con Callum —dijeron, y salieron riéndose del salón.

—¿Y ahora de qué se ríen? —se preguntó Cammy en voz alta—. Bueno, allá ellos. Como iba diciendo...

Joceline y Winnie intercambiaron una mirada divertida y le dedicaron toda su atención.

Phyllis Hicks fue acusada por el asesinato de la primera mujer y la hija de Kilraven, así como de intento de asesinato de Cammy Blackhawk y de otros muchos cargos. Pasaría una larga temporada a la sombra y su locura dejaría de ser un peligro para otros niños.

Los cargos de asesinato contra Harold Monroe fueron discretamente retirados y Monroe se perdió de vista. Se rumoreaba que había entrado en un programa federal de protección de testigos, pero sólo eran rumores, naturalmente.

Jon y Joceline se casaron en la iglesia interconfesional de San Antonio, de la que Joceline había sido feligresa durante años. Markie fue el portador de los anillos y Winnie y Cammy, las damas de honor. Asistieron muchos agentes del FBI, y otros muchos tuvieron que conformarse con ver la ceremonia en un DVD.

Joceline y Markie se mudaron a casa de Jon, si bien ella siguió trabajando en la oficina. Cammy intentó convencerla para que se quedara en casa con Markie, pero Jon alegó que se volvería loco si tuviera que contratar a una nueva ayudante.

El comportamiento de Markie en el colegio mejoró hasta tal punto que nadie volvió a plantear el asunto de los medicamentos. Tal vez fuera el resultado de tener una familia estable y una vida segura en casa.

Winnie Kilraven fue ingresada en el hospital para dar a luz una semana antes de Navidad. Tuvo un niño sano y precioso, con una espesa mata de pelo negro. Su padre, el recio e impasible McKuen Kilraven, lloró de emoción al sostener por vez primera a su hijo en brazos.

Jon y Joceline montaron un árbol de Navidad con los adornos que la familia Blackhawk se había ido legando generación tras generación, más otros más pequeños y modestos que Joceline y Markie habían ido acumulando en casa. Cammy contribuyó con un hermoso adorno de cristal Swarovski por la primera Navidad que pasaban en familia. Iban a celebrar un banquete todos juntos en el rancho, y Joceline y Markie aguardaban con impaciencia el momento. Después de los últimos horrores era bonito celebrar algo alegre, para variar.

El árbol era impresionante en forma y tamaño. Markie se quedó boquiabierto el día que Joceline lo recogió de la guardería y se encontró el árbol presidiendo el salón con todas las lucecitas encendidas.

—¡Parece magia! —exclamó, tocando el árbol de una manera casi reverencial.

Jon rodeó a Joceline con un brazo y la miró con unos ojos cargados de amor y adoración.

—Sí, es magia pura.

—Papá, ¿tú quieres a mamá? —le preguntó Markie, mirándolo con sus grandes ojos azules.

Joceline se encogió de vergüenza. Jon nunca le había expresado su cariño con palabras, ni siquiera en los momentos más apasionados.

—Markie… —empezó a regañarlo, pero Jon le tomó el rostro con sus grandes y cálidas manos.

—La quiero más que a nada ni nadie en el mundo —sonrió al ver su expresión de asombro y agachó la cabeza para besarla con una ternura exquisita.

—¿Más que a mí? —preguntó Markie en tono lastimero.

Jon se rio y levantó al niño en brazos.

—Os quiero a los dos más que a nada ni nadie en el mundo —rectificó.

—Yo también te quiero, papá —le dijo el niño, abrazándose a él—. Pero… ¿no puedo tener un hermanito como tú?

Jon miró a Joceline con una pícara sonrisa.

—¿Tú qué dices?

Joceline dejó escapar una risita nerviosa y se puso colorada. No habían usado protección ni una sola vez, y estaban tan enamorados que la posibilidad de ampliar la familia sería un motivo de dicha, no de preocupación. De hecho, ya llevaba un retraso considerable…

Jon lo leyó en su expresión y sus ojos brillaron de felicidad.

—O una hermanita —dijo Markie—. Podría enseñarle a dibujar.

—Sí que podrías —corroboró Joceline.

Markie volvió a contemplar el majestuoso árbol de Navidad.

—¡Van a ser las mejores Navidades que hemos tenido, mamá!

Ella miró a su marido y a su hijo con el corazón rebosante de alegría.

—Sí, cariño —le dijo—. Las mejores Navidades de nuestra vida.

www.ingramcontent.com/pod-product-compliance
Lightning Source LLC
Chambersburg PA
CBHW010424120726

47992CB00008B/3312